シンデレラはどこへ行ったのか
——少女小説と『ジェイン・エア』

廣野由美子
Yumiko Hirono

岩波新書
1989

目次

目　次

序　『ジェイン・エア』から少女小説へ
――「シンデレラ・コンプレックス」と「ジェイン・エア・シンドローム」

なぜこの本を書かねばならなかったのか

古典的な少女小説は、現代もなお読みつがれ、広く普及し続けている。これらの物語には、若い読者の心に希望を吹き込み、生きていくための底力を築き上げ、その人生までも変えてしまうような何かがある。

私の場合、もし子ども時代に、『赤毛のアン』や『リンバロストの乙女』、『若草物語』などに出会っていなければ、いまの自分はなかっただろうと思っている。少なくとも、文学の世界の片隅に生きる縁《よすが》を得ることなどは、ありえなかっただろう。

こうした輝かしい作品群は、いかにして誕生したのだろうか？　そこで遡ってゆくと、意外にもイギリスの大人のための古典小説『ジェイン・エア』とつながっているのではないかということに、私は気づいた。しかし、そのことがこれまでほとんど指摘されたことはなかったようなので、英文学専門の立場から、その事実を明確にしておきたい。

一方、私はジェンダー学の専門家ではないが、自分が文学者であることと、女性であることとがまったく無縁だとは言いきれないとも感じている。それゆえ、「女性と文学」に関するケーススタディーをとおして、「人間と文学の根本的関係」に迫るという問題に、いつか一度は取り組んでみなければならないと考えていた。

そこで、持論を展開するにあたって、まず私自身の個人的な人生に触れることも避けて通れないため、しばしご容赦いただきたい。

私はいわゆる昔風の厳しい家庭で育った。二人姉妹で、六歳上の姉はピアノを習い、音楽の道に進むものと定められ、妹の私は「ふつうの女の子」でよいとされた。私が小学生になったときから母は勤めに出るようになり、以後私に求められたのは、家事の手伝いをすることだった。そして、「女の子らしく」おとなしく、妹としての分際をわきまえ、自己主張せず、辛いことがあっても黙って我慢するようにと言い聞かせられた。会社員だった父は心配性で、私が一人でどこかへ行くことを極度に嫌った（その影響か、私はいまだに極端な方向音痴である）。

当時、こういう男尊女卑——あるいは、長子を尊び末子を蔑む序列制——の家庭環境に育つことが、特殊であったのか、多かれ少なかれ一般的なことだったのかは、知らない。しかし、学校から家に帰って私を待ち受けていたのが、暗澹《あんたん》とした生活だったという思い出は、いまだに消えることはない。

そのなかで私にとって大きな励ましとなり、支えとなったのが、文学の本を読むことだった。さまざまな国々や時代の人々が繰り広げる波乱万丈の人生経験や、多様な人間模様、鮮やかな心の情景。私にとって未知のあらゆる人間の営みがそこにはあり、現実よりもいっそうリアルに、心のなかに入り込んできた。本の世界にのめり込むことが、私に生きる勇気と希望を与えてくれたのである。小学生のころは、とりわけ、苦難を乗り越えて明るく生きていく少女の物語が好きだった。

私は、いつか家庭という「牢獄」から脱出できる日を待ち望みながら育った。そのための手段は、学力で道を切り開くという方法以外には、選択肢がなかった。以下に続くとおり、本書は「シンデレラ・コンプレックス」を出発点としているが、私自身の頭のなかには——「女の子らしさ」の強制への反発からか——「いつか王子様が助けに来てくれる」という発想は、元来なかったのである。結婚が突破口になるような気はしていたものの、その相手は「王子様」、すなわちハンサムな金持ちである必要はなく、ただ理解力のあるパートナーであればよかったのだ。

そのあとの話は、ざっとはしょることとしよう。大学生になったら自力でヴァイオリンを習うことに決めていた私は、まずはその宿願を果たし、オーケストラのサークルに入り、そこで知り合ったチェロ奏者と卒業後に結婚し、そのあと英文学の勉強を始めて大学院に進学し、研究の道に進んだのである。定職を得るまでの社会的・経済的な圧迫は経験したが、研究の核となる論理的思考自体にジェンダーは介在しないので、精神は自由になった。幸い私自身は、最初に勤めた大学でも、二度目の勤め先の大学でも、男女差別を受けるような経験をせずにすんだため、フェミニズムに傾倒することはなかった。いまの時代もなお、女性を抑圧する父権的社会システムと戦う必要はあるだろうが、私自身のエネルギーはそういう方向には注がれなかったのだ。

私の心が向かったのは、子どものころに私に勇気を与えてくれたルーシー・モード・モンゴメリ、ジーン・ストラットン・ポーター、ルイーザ・メイ・オルコットといった強い女性作家たちへの忘れがたい恩義の念と憧れだった。

そして、これらの作家たちが描く生き生きとした文学世界に、若いころ勇気づけられてきたのは、きっと私だけではないはずだ。いや、男女を含め、多くの人々がいるにちがいない。

シンデレラ・コンプレックス

一九八一年、アメリカの女性作家コレット・ダウリングが著書『シンデレラ・コンプレックス』を発表した。この本は、二三か国語に翻訳されて、たちまちベストセラーとなり、大きな話題を呼んだ。もう四〇年あまり前のことだが、この本のタイトルは、いまや一般概念として定着するに至っている。

副題「女性のなかに隠された自立への恐怖」にも示されているとおり、たとえ女性が法的・社会的に解放され、男女平等が唱えられたとしても、女性たち自身のなかに、自立をはばむ内的原因があるのではないかと、ダウリングは問題提起し、その原因となる概念を「シンデレラ・コンプレックス」と名づけたのである。それは、外から来る何かが、自分の人生を変え、守ってくれるだろうという、女性自身のなかに潜在する無意識の依存願望を指す。

ダウリングによれば、「ごく幼いころから、男の子が依存状態から出て自立するように訓練されるのに対し、女の子はそこへ入っていくように訓練される」(Dowling, p. 79)。そして、しばしばこの心的傾向は、成長して大人になったのちも存続し続けるのだという。ダウリングは最後に、「自由と自立は、他者から——社会全体や男から——もぎ取ることはできず、内面から苦心して育てていくしかないものだということを、私は学んだ」(p. 183)と、著書を締めくくっている。

サイコセラピストを職とするダウリングは、娘・妻・母としての自分自身の個人的体験を赤裸々に語るとともに、数多くの女性を対象として心理学的・精神分析学的観点から調査した事例を織り込みつつ、物語風の文体で議論をまとめ上げている。ただし、「シンデレラ」という名を含んでいるにもかかわらず、この著書では、お伽噺《とぎばなし》そのものや読書体験については、いっさい触れられていない。

しかし、シンデレラ・コンプレックスという現象について考えるさいには、政治学的・社会学的・心理学的側面からのみならず、文化表象的側面からの考察が不可欠なのではないだろうか。そもそも「シンデレラ」とはお伽噺であり、子どものころから読み聞かされたこの物語が、少女の心の奥深くに根を下ろすことから生じる現象が、シンデレラ・コンプレックスにほかならないからである。そこで、本書では、この文化表象的側面、特に文学という観点からシンデレラ・コンプレックスに光を当てることを、出発点としたい。

お姫様が登場する多くの童話には、「女性は美しく素直でさえあれば、じっと待っていても、白馬に乗った王子様が迎えに来て幸せにしてくれる」というようなメッセージが含まれたものが多い。そうした物語の典型が『シンデレラ』である。『白雪姫』や『眠れる森の美女』では、お姫様は眠っていても、王子様が助けに来てくれる。このように女性が他者に守られ、難問を受動的に解決するという物語の定型は、童話にかぎらず、しばしば大人の文学のなかにもさまざまに形を変えつつ潜んでいる。多くの女性は、こうした物語パターンを、幼いころから刷り込まれていくのである。

ジェンダー学の専門家、若桑みどりは、二〇〇三年、著書『お姫様とジェンダー』において、こうしたプリンセス・ストーリーが、今世紀に入ってもなお、依然として再生産され、人の心理に浸透し続けていることを、ディズニーのアニメーション映画『白雪姫』『シンデレラ』『眠れる森の美女』を題材に取り上げて、女子大生を対象として調査することにより、実証的に示した。

その後、かなりの年月が流れたが、果たしてシンデレラ・コンプレックスは脱却されたのだろうか？

まず、状況を外から眺めてみよう。現在、日本では「男女共同参画社会」というキャッチフレーズのもとで、女性が男性と同等に働きやすい社会に改革していくべきだという主張が盛んに唱えられている。この状況は、女性にはいまだ自由に羽ばたけない足枷《あしかせ》があるということを逆に示していると言えるだろう。昨今は、女性の権利の拡張を要求するフェミニズムが、いっそう勢いを増している時代であるとも言える。既存の社会に異議申し立てをして、外からの改革を主張するのが、フェミニズムである。

もちろん、社会という「外側」を変えていくことは、女性が羽ばたくための必須の条件だ。しかし、それに劣らず重要なのは、女性が最終的に「内側」から自らを変えていくことである。社会の側の準備が整っていなければ、それだけいっそう強固な内発的意志が必要とされる。他人になんとかしてもらおうとするシンデレラ意識をまずは振り払わないかぎり、女性であろうが男性であろうが、道は開けない。

ジェイン・エア・シンドローム

女性のための社会改革さえなされれば、女性自身が即シンデレラ・コンプレックスを脱却できるというほど、事は単純な問題なのだろうか。そこで、「内側」の検討へと、話を戻そう。プリンセス・ストーリーが文化遺産のなかで存続しているかぎり、多かれ少なかれ、それは人々の心のなかに浸透するはずだ。したがって、女性のなかにシンデレラ・コンプレックスが生じる傾向は、時代を超え、普遍性を帯びていることは否定できないように思われる。

他方、子どものころから心に深く根を下ろしている「もうひとつのストーリー」の定型によって、多くの女性たちが内から駆り立てられているという事実については、看過されがちである。それは、孤児もしくは孤児同然の恵まれない境遇に生まれ、美人でなくとも、自分の能力や人格的な強みによって道を切り開き、とりわけ学力によって頭角を現し、自己実現しながら、自分と対等な男性と互いに認め合い、よき友人となるか、もしくは結婚し、その後もライフワークを持ちながら生きる、という形のストーリーである。つまり、試練を乗り越えて自力で幸せを獲得するという新しいタイプの女性像を描いた物語である。

現在、社会で活躍している女性たちのなかには、この「もうひとつのストーリー」、すなわち「少女の試練の物語」から生きる力を汲み上げながら人生の道を歩んできた人々が、少なくないのではないだろうか。にもかかわらず、このような「シンドローム」については、いまだ命名されていない。ぜひ命名する必要があると、私は考えている。

そこでまず、こうした「少女の試練の物語」が、どのようにして生まれてきたのかということについて、考えてみたい。これらは、一九世紀終わりから二〇世紀初頭ごろ、アメリカ圏の女性作家たちによって書かれた少女小説が中心をなしているようだ。代表的な作品には、ルーシー・モード・モンゴメリの『赤毛のアン』(一九〇八年)、ジーン・ストラットン・ポーターの『リンバロストの乙女』(一九〇九年)、ケイト・ダグラス・ウィギンの『少女レベッカ』(一九〇三年)などがある。ルイーザ・メイ・オルコットの『若草物語』(一八六八—六九年)、ジーン・ウェブスターの『あしながおじさん』(一九一二年)なども、やや定型から外れる部分はあるが、その一群に含めることができる。なかでも、日本で特に多くの読者層を獲得していることが国内外で注目されているのが、『赤毛のアン』シリーズである。

では、これらの物語はなぜ生まれてきたのだろうか? 偶然の現象ではなく、何か発端があったのではないだろうか? そこで、その源流を求めて英語圏の文学史を遡っていくと、一九世紀半ばのイギリス人作家シャーロット・ブロンテの小説『ジェイン・エア』(一八四七年)にたどり着くことを、筆者は発見した。この小説は、女主人公は美人に設定すべしという従来の文学の約束事を打ち破った点でも、女主人公自身が語り手として激しい感情を吐露するという点でも、それまでになかった独創的な小説として、英文学史のなかで重要な位置づけをされている。

しかし、『ジェイン・エア』は、イギリスでは、シンドロームを形成するほどすぐには根づかなかった。この作品はとりわけ、海を渡って新大陸に入植した英語圏の人々の子孫を中心に、アメリカやカナダの女性作家たちに、大きな影響を与えたのではないか。そして、少女を主人公とするそれらの物語には、女性作家たち自身の生き方が投影されているのではないだろうか。

　以上のような仮説に基づいて、このような形のストーリーが生み出す作用や現象——すなわち、『ジェイン・エア』の影響を受けた女性作家たちが、シンデレラ・コンプレックスを脱却した新しい少女小説の世界を開拓していった現象、およびそうした作品の特色の表れ——を、「ジェイン・エア・シンドローム」と名づけることを、ここに提唱したい。

　本書では、まず、原型となったシャーロット・ブロンテの『ジェイン・エア』がどのような作品であるかを、「脱シンデレラ物語」を成立させているいくつかの条件という観点から、確認する。次に、アメリカへ渡ったジェイン・エア・シンドローム作品群を概観し、さらに、代表的作品として、カナダで誕生したモンゴメリの『赤毛のアン』を取り上げて、これらの作品の内容がどのように成り立っているか、また、いかに新しい要素を含んでいるかについて論じる。そのあと、本国イギリスで『ジェイン・エア』がいかに変転したかを、ルーマー・ゴッデンの作品『木曜日の子どもたち』(一九八四年)を取り上げて検討する。最後に、ジェイン・エア・シンドロームの光と影、そして、その先の展望について考察することにしたい。

第１章

脱シンデレラ物語の原型

──シャーロット・ブロンテ『ジェイン・エア』

シャーロット・ブロンテ

1　女性像の変転――『ジェイン・エア』以前の文学を見る

民間伝承「シンデレラ」の起源と伝播

シンデレラ・ストーリーの民間伝承は世界中に広まっている〔以下、Bettelheim, Dundes, Rochère等の文献を参照〕。その異本の数は、イギリスの民俗学者メアリアン・ロルフ・コックス(『シンデレラ』一八九三年)によれば三四五種、スウェーデンの民俗学者アナ・ビアジッタ・ルース(『シンデレラ・サイクル』一九五一年)によれば七〇〇種、アメリカの民俗学者スティス・トンプソン(『民族伝承のタイプ』一九六一年)によれば五一〇種に及ぶとされる。伝承した地域は、ヨーロッパ、ロシア、アフリカ、ブラジル、中国、フィリピン、インド、インドネシア、ペルシャ、日本、アルゴンキン族の住む北アメリカなど、世界中に広がっている。時空を超えて普遍的に人々の心に訴える物語性を持つ「シンデレラ」は、さまざまな言語・文化圏で広まり、ジャンルや形式、メディアの境界をも越えてきたのである。

口承による伝来は、はるか昔に遡るが、文献として残っている最古のものは、紀元前一世紀にストラボンによって記録されたロドピス（エジプト王と結婚したギリシアの高級売春婦）の物語とされ、これには、小さな靴による娘捜しと王族結婚のキー・モチーフが含まれている。あるいは、中国では九世紀に、文献に残された最古のシンデレラ型物語があるが、小さな足が「纏足《てんそく》」という風習と結びつくため、中国の民間伝承が「シンデレラ」の起源ではないかという説もある。

しかし、現在、代表的な「シンデレラ」物語とされているのは、次の三つである。

①イタリアの民話作家ジャンバティスタ・バジーレによって書かれた『ペンタメロン』（一六三四―三六年）に収められた「猫シンデレラ」。

②フランスの作家シャルル・ペローが民間伝承をもとにまとめた『童話集』（一六九七年）に収められた「サンドリヨン」、または小さなガラスの靴」（「サンドリヨン」は「シンデレラ」のフランス語表現で、「灰かぶり」の意）。

③ドイツの文献学者・言語学者のグリム兄弟が収集した説話集『グリム童話集』（一八一二年）に収められた「灰かぶり」。

ギュスターヴ・ドレ画「シンデレラ」(1862年)

このなかでも、特に有名で、今日世界中で広く知られる形のもとになったのが、②のペロー版である。ペローは、宮廷で語られるのに相応しい物語にするため、自身の創作を交える傾向があったという。ストーリーの構成要素には、高貴な身分から、灰にまみれながら家事労働を強いられるみじめな暮らしへの失墜、継母のいじめと二人の義理の姉たちの意地悪さ、王子の舞踏会に着飾って出かける姉たち、名づけ親の魔法によって準備される舞踏会用の豪華な衣装と馬車(かぼちゃ、ねずみ、トカゲ、そしてシンデレラ自身の変身)、夜中の一二時に魔法が解けるという約束、シンデレラが残した小さな靴、靴合わせによる真の花嫁の発見、そして王子との幸せな結婚などがある。

他の二つの版①③における相違を、ざっと挙げておこう。ペロー版では名づけ親によって魔法が行われるが、バジーレ版では、ヒロインが、父の再婚の婚礼のとき自分のもとへ飛んできた鳩のメッセージに従って、父に旅の土産としてナツメヤシを求め、その木を育ててまじないを唱え、願いをかなえる。グリム版では、ヒロインが、父の旅の土産として持ち帰ったハシバミの小枝を、死んだ母の墓に挿して木を育てて祈ると、真っ白な鳥が飛んできて、願いをかなえるというように、実母の霊の力が作用している。

また、ペロー版では、ヒロインが舞踏会に行くのは二度だが、バジーレ版、グリム版では、昔話の定型である三度の繰り返しのパターンが見られ、夜中の一二時に関する約束はない。ことに王子の活躍が目立つグリム版では、王子は従者を使わず、自らヒロインを追いかけて行き、三度目には彼女を見失わないよう知恵を凝らして、階段にタールを塗らせておき、べったりくっついて置き去りになったヒロインの片方の靴をもとに、自分の気に入った相手の女性を捜しに行く。姉たちは、足を切って無理やり靴に押し込むが、靴に血がたまっているのを見て、王子は彼女たちが偽物であることに気づく。

姉たちの最後も、ヴァージョンによって異なる。ペロー版では、姉たちは、優しい妹の配慮により、宮廷に住ませてもらい、貴族と結婚するが、バジーレ版(姉は六人)では、「嫉妬と失望で青ざめて、母のいる家に帰った」と結ばれ、グリム版では、ヒロインと王子の結婚式のとき、鳩に目玉を突《つつ》き出されて盲目になるという残酷な仕打ちを受けるのである。

グリム版よりも先発であり、かつ児童文学としても馴染みやすい内容であったペロー版は、

『国語読本 高等小学校用 巻一』(1900年)に掲載された坪内逍遥翻案「おしん物語」挿絵

一八世紀からヨーロッパ中に広まり、さらにはヨーロッパの外へも伝播していった。さまざまな絵本で読み聞かせられたり、舞台で上演されたり、新しいジャンル・形式・メディアで翻案されていく過程においては、当然ながら、ある程度の変容や修正、再解釈などが含まれることは免れない。子ども向けに味つけされ、あるいは国家的・文化的な色彩を帯びつつ、物語が改変されていく現象も見られる。とりわけアメリカでは、シンデレラ物語が愛国的ヴァージョンに変貌して政治的に活用され、ポーランドでも、勇気と美徳の国家的理想とシンデレラが同一視されるようになった。

日本では、一八八〇年代に最初のシンデレラの翻訳が現れた。そのさい、内容も和風に変わり、有名な画家、山本昇雲(一八七〇—一九六五)などによって、日本の美人が描かれた挿絵が添えられた。一九〇〇年の教科書『国語読本 高等小学校用』には、坪内逍遥(雄蔵)の翻案「おしん物語」が掲載された。ここでは、商家の娘おしんは、弁天様のはからいによって、絹の着物を装い、黒塗りの馬車に乗って華族の園遊会に出かけ、約束どおり夕方の六時までに家に帰ろうとして、扇を置き忘れ、翌々日(おしんは姉への気づかいから、翌日の園遊会に行くことを断念する)に町中で令嬢捜しが行われたさい、扇の絵を言い当てて、若殿の奥方に迎えられるという話へと変形されている。

イギリス小説に根を下ろしたシンデレラ・ストーリー

こうした普遍的な人気と伝播力によって、イギリスでは、シンデレラ・ストーリーが小説のジャンルへも導入されていった。小説が、一八世紀より新興中産階級を中心に新しく台頭してきたジャンルであったことからも、「シンデレラ」の社会的な流動性を含んだサクセス・ストーリーは、幅広い階層の読者に訴えかけたものと思われる。魔法のように夢がかなうというファンタジー性は、リアリズムを特色とする小説の世界では、より現実味を帯びた内容へと変わっていった。しかし、美しく従順で淑《しと》やかなヒロイン(「小さな足」は、か弱いイメージを伴うことから、このような性質が付与されることになったのだろう)が、理想的女性の定型となっていくという点で、「シンデレラ」の影響が及んだことは、否定できないだろう。

サミュエル・リチャードソンの書簡体小説『パミラ』(*Pamela, or Virtue Rewarded*, 1740)は、国を越えて諸外国でも大流行した最初のイギリス小説である。美しい小間使いパミラが、純真さと徳の高さゆえに、奉公する屋敷の若主人の誘惑から逃れて貞淑を守り続け、ついに彼を改心させて妻に迎えられるという物語である。パミラが低い身分の出であること、〈王子〉が誘惑者・迫害者の役も兼ね備えているという点では逸脱しているが、副題にもあるとおり「報われた美徳」をテーマとしていることや、幸福な結婚によってヒロインの身分が上昇するというハッピー・エンディングからも、シンデレラ・ストーリーの流れを汲んでいると言えるだろう。

ヘンリー・フィールディングは、『パミラ』で推奨されている美徳が打算的な偽善であると批判し、パミラの弟を主人公とした『ジョウゼフ・アンドルーズ』(*Joseph Andrews*, 1742)というパロディ小説を書いた。これをきっかけに劇作家から小説家へと転じたフィールディングではあったが、彼の代表作であるピカレスク小説〔社会のはみ出し者である主人公の、さまざまな挿話を綴った旅の物語〕『トム・ジョウンズ』(*Tom Jones*, 1749)でさえも、シンデレラ・ストーリーのヴァリエーション、つまり、男性版シンデレラという見方ができなくもない。捨て子のトムは、大地主オールワージーの養子として育てられるが、オールワージーの甥ブライフィルの陰謀によって家から追い出され、波乱万丈の旅に出た末に、実はオールワージーの甥〔すなわち、ブライフィルの異父兄〕であったという身元が判明し、地主の娘である相思相愛のソファイアと結婚するに至る。つまり、放蕩者ではあるがまっすぐな気質の美青年トムを主人公としたサクセス・ストーリーでもあるわけだ。また、美しく純真な女性ソファイアの立場から見ても、試練に耐え抜き、美徳が報いられて幸せな結婚に至るというシンデレラ型の物語であると言えるだろう。

『パミラ』を発端として、一八世紀のイギリスでは「感傷小説」(sentimental novel)というジャンルが流行した。これは、美徳の持ち主が、苦しい立場に追い込まれながらも、忍耐強く苦境から脱する過程を、感情過多に描いた物語群を指す。オリヴァー・ゴールドスミスの『ウェイクフィールドの牧師』(*The Vicar of Wakefield*, 1766)のように男性が主人公の作品もあるが、全般として、ヒロインを中心とした作品が多い傾向がある。一八世紀には女性の識字率が高まり、小説を娯楽の手段とする中産階級の女性読者層が拡大したことや、当時流行していた女性用の礼儀作法の指南書であるコンダクト・ブックが、次第に小説のなかへ吸収されていったことなども、その一因であると考えられる。たとえばフランシス・バーニーの『エヴェリーナ』(*Evelina*, 1778)やシャーロット・スミスの『エメリーン』(*Emmeline*, 1788)なども、高貴な生まれではあるが不遇の美しいヒロインが、苦境を乗り越え、正当な地位を回復して、幸せな結婚に至るというシンデレラ型のストーリーを踏襲している。

一八世紀後半には、異国や中世風の土地を舞台とした恐怖小説のジャンルとして、「ゴシック小説」(Gothic novel)が流行するが、ここでもしばしば、高貴な身分の美しい有徳のヒロインが、邪悪な悪漢の暴力的迫害に脅かされ、最後に救済されて意中の男性との結婚に至るというストーリーが内包されている。たとえば、ゴシック小説の元祖とされるホレス・ウォルポールの『オトラント城』(*The Castle of Otranto*, 1764)では、イザベラ姫が、オトラント城主マンフレッドからの迫害を逃れて、真のオトラント城主と定められた青年セオドアとの結婚に至る。アン・ラドクリフの『ユードルフォの秘密』(*The Mysteries of Udolpho*, 1794)では、地主の娘エミリーが、伯父モントーニ伯爵からの迫害を逃れて、恋人ヴァランコート——彼は財産を失うが、伯爵の弟で、高位の身分の男性である——との結婚に至る。グリム童話にはしばしば血生臭い話があり、「灰かぶり」にも、姉たちが足の一部を切断するというゴシック的な挿話が含まれている。したがって、シンデレラ・ストーリーは恐怖小説にまったく馴染まないとも言えないようだ。

ジェイン・オースティンのヒロインたち

ジェイン・オースティン(一七七五—一八一七)は、一九世紀の初めに、イギリス小説をロマン主義からリアリズムへと方向づけた女性作家である。オースティンが最初に出版した小説『分別と多感』(*Sense and Sensibility*, 1811)は、その題名からもうかがわれるとおり、当時流行していたロマンスや感傷小説の「多感」、つまり感傷過多の傾向を風刺している。二人の姉妹エリナとメアリアンは、それぞれ分別と多感という属性を代表したヒロインであるが、ことに感傷小説から抜け出てきたようなメアリアンは、手痛い試練を経験することになる。彼女は丘で足を挫《くじ》いて倒れたとき、文字どおり馬に乗って現れた〈王子〉のごときハンサムな青年ウィロビーに助け出され、このロマンチックな出会いを発端に、急速に彼との恋路へと突っ走るのだが、不誠実な恋人に裏切られ、病気になって生死の境をさまよった末に、はるか年の離れた地主と結婚するに至るのである。

また、作者の死後に出版されたが、草稿段階においてオースティンの初期作品〔原題 *Susan*〕だった小説『ノーサンガー・アビー』(*Northanger Abbey*, 1818)では、執筆時の一七九〇年代に流行していた感傷小説やゴシック小説が風刺されている。作品冒頭で、語り手は次のように述べる。

子ども時代のキャサリン・モーランドを知っている人なら誰でも、彼女がヒロインに生まれついているとは思わないだろう。彼女の境遇、両親の性格、彼女の容貌と性質など、すべてがヒロインの条件には不利だった。（第一章）〔以下、作品からの引用は、すべて廣野訳による〕

これに続いて、キャサリンが不器量で、女の子の遊びよりも男の子の遊びのほうを好み、能力も月並以下であったこと、ごく平凡な家庭に育ち、父はふつうの牧師で「娘を監禁する癖はなく」、母は「誰もが予想するようにキャサリンを産んで死ぬ、ということもなく生き続けて」、一〇人もの子どもを出産した健康的な女性であることなどが語られる。この語りからは、当時の流行小説のヒロインの定型がどのように設定されていたかが、逆照射されていると言えるだろう。

しかし、成長して年頃になったキャサリンは愛らしい娘になり、バースで社交界デビューして、ハンサムな青年ヘンリー・ティルニーと、その妹である淑やかなエレナーに出会い、兄妹から招かれて、ティルニー家の屋敷ノーサンガー・アビーに滞在することになる。ゴシック小説の愛読者であるキャサリンは、「アビー」という名から、そこがゴシック風の舞台であると想像し、ことごとく『ユードルフォの秘密』などの小説世界と結びつけて妄想に囚われ、愚かな失敗を重ねる。彼女は、兄妹の父ティルニー将軍に屋敷から追い出されるというゴシックもどきの恐怖も経験するが、最後にヘンリーから求婚され、幸せな結婚に至るのである(『ノーサンガー・アビー』の女主人公論については、拙著『深読みジェイン・オースティン』第2章を参照)。

このようにオースティンは、ロマンスやゴシック小説が非日常的な題材に集中し、真実の人間の姿を描いていないことを風刺し、小説をより高度な文学ジャンルへと引き上げようとしたという点において、イギリス小説史上、重要な作家である。しかし、オースティンの小説のプロット自体は、さまざまなヴァリエーションを含みつつも、すべて、最後にヒロインの幸せな結婚で終わるというシンデレラ型を踏襲している。結婚によって、ヒロインの身分がさほど変わらない場合もあるが、ヒーローたちはみな、ヒロインの理想とする男性で、それぞれ繁栄している。なかでも、結婚による階級的・経済的な上昇度が特に大きな作品は、先に挙げた『ノーサンガー・アビー』、そして『高慢と偏見』(*Pride and Prejudice*, 1813)と『マンスフィールド・パーク』(*Mansfield Park*, 1814)である。

『高慢と偏見』の女主人公エリザベスは、自我の強さゆえに、高慢な大金持ちの紳士ダーシーと激しく対立し、一度は彼の求婚を断っているという点で、シンデレラのおとなしい性質から逸脱する。しかし、経済的に苦しいジェントリー(中流上層階級の土地所有者)の娘——母からは疎んじられ、父は無力である——が、玉の輿に乗って大邸宅の女主人になるという点では、シンデレラ・ストーリーの型に沿っている。

最もシンデレラの類型に当てはまるのは、『マンスフィールド・パーク』の女主人公、おとなしく従順で、か弱いファニーであろう。ファニーは裕福な親戚バートラム家の養女になり、伯母ノリス夫人からいじめられ、二人の従姉マライアとジュリアから軽視されながら育つが、不遇ななかでも美徳を貫いてひたすら耐え抜き、最後に意中の従兄エドマンドと結婚して、マンスフィールド・パークの女主人的な地位へと昇りつめるからである。

オースティンの最晩年の作品『説得』(*Persuasion*, 1818)において、七年前に別れた恋人ウェントワース大佐のことを想い続けている女主人公アンは、結末近くで、ウェントワースの知人ハーヴィル大佐に向かって、男性よりも女性の愛のほうが長く続くと主張し、その理由として、次のように述べる。

「女性はいつも家にいて、狭い世界で静かに閉じこもっているから、感情に囚われてしまうのです。男性は外で活動しなければならず、つねに仕事や楽しみや用事などがあって、すぐに世の中に戻って行かねばならず、たえず打ち込むことや変化があるから、感情も弱

まりやすいのです」（第二三章）

ハーヴィル大佐がこれに反論し、男性の愛の強さを主張すると、アンは、現に存在する対象を愛する男性とは違って、女性は「たとえ相手が死んでも、希望がなくなったあとさえも、愛し続けられる」と重ねて強調する。この言葉を立ち聞きしていたウェントワースは、いまも変わらぬ愛をアンに打ち明け、二人は幸福な結婚に至る。

このように、オースティンの小説のヒロインたちは、しっかりとした自我と強い主張を持っている。しかし、その時代にはまだ、女性は家庭内にいて「待つ」ことによってしか、幸福を獲得できないという社会的制約があったのである。

2　不遇な幼少時代を送るヒロインの登場

新しいタイプの女主人公ジェイン・エア

流行小説のパロディである『ノーサンガー・アビー』の冒頭でも規定されていたとおり、従来の小説のヒロインは、高貴な生まれの淑やかな美人であることが、条件だった。しかし、シャーロット・ブロンテ(一八一六―五五)の『ジェイン・エア』(*Jane Eyre*, 1847)では、まったく新しいタイプの女主人公が設定されている。ジェインは貧相な容貌で、貧しい牧師の娘として生まれ、赤ん坊のときに両親が熱病で死んだために一文無しの孤児であり、そのうえ我が強く激しい情念を備えた少女として登場するのである。ジェインは、ゲイツヘッドに住む母方の伯父リード氏に引き取られ、伯父亡きあと、その妻リード夫人の家庭で、居候としていじめられながら育つ。

作品の冒頭は、そのようなジェインの不遇な少女時代を象徴するかのような、寒々とした冬の雨風が吹くある日、朝の散歩から帰ってきたあと、午後の家庭の団欒《だんらん》から、一〇歳のジェインがひとり疎外されている情景から始まる。

リード家の子どもたち、イライザとジョン、ジョージアナは、客間でママのまわりにまとわりついていた。ママは暖炉のそばのソファーにもたれかかり、可愛い子どもたちに囲まれていて、(いまはけんかをしたり泣いたりしていなかったので)心から幸せそうだった。彼女は、こう言って、私だけを仲間外れにした。「あんたを遠ざけておかなければならないのは残念だけれども、あんたがもっと愛想がよくて子どもらしくて、人から好かれる、明るくておとなしい、素直なふつうの子らしくなろうと、一生懸命頑張っているって、女中のベッシーから聞くまでは、駄目なの。そして、私自身の目でもそのことを確かめるまでは、満ち足りた幸せな子どもたちだけのための特権からは、あんたを締め出しておかなければならないのよ」(第一章)

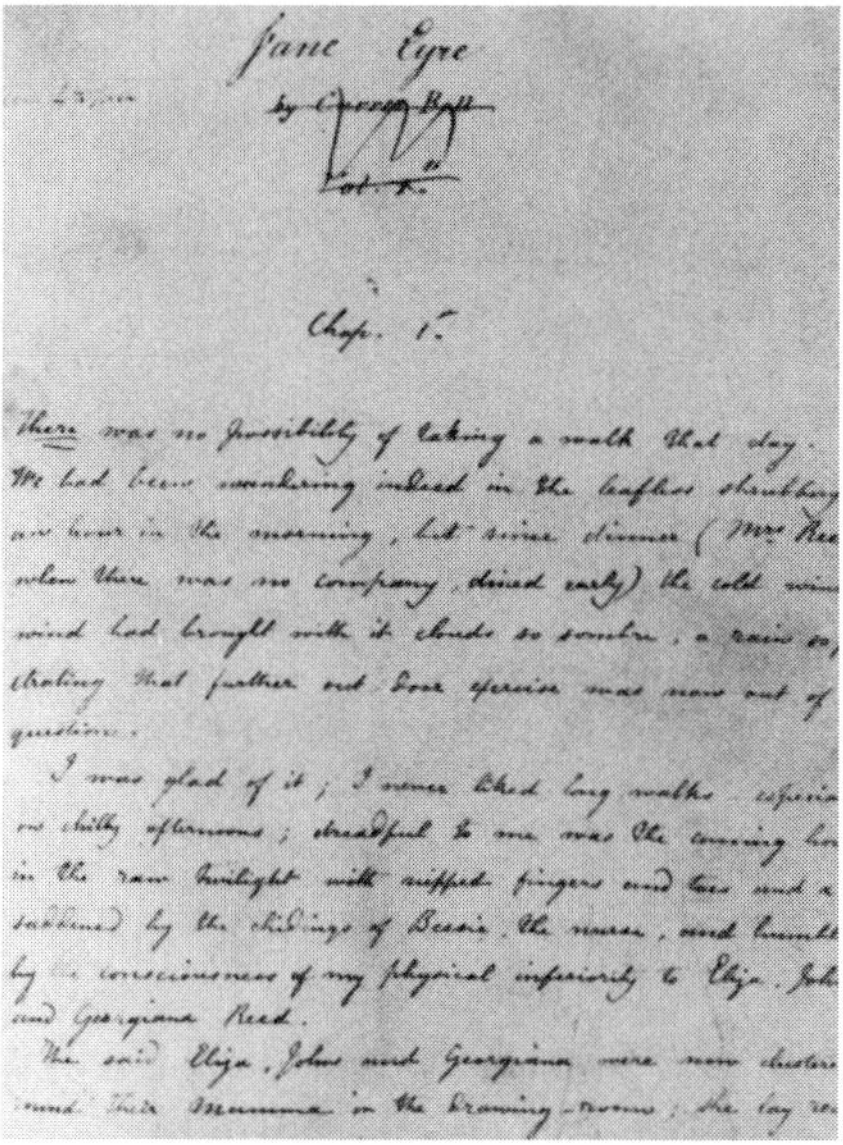
Jane Eyre
by Currer Bell
Vol. I.

Chap. 1st

There was no possibility of taking a walk that day. We had been wandering indeed in the leafless shrubbery an hour in the morning, but since dinner (Mrs Reed when there was no company, dined early) the cold winter wind had brought with it clouds so sombre, a rain so penetrating that further out-door exercise was now out of question.

I was glad of it; I never liked long walks especially on chilly afternoons; dreadful to me was the coming home in the raw twilight with nipped fingers and toes and a saddened by the chidings of Bessie, the nurse, and humbled by the consciousness of my physical inferiority to Eliza, John and Georgiana Reed.

The said Eliza, John and Georgiana were now clustered round their Mamma in the drawing-room; she lay re

シャーロットによる『ジェイン・エア』の自筆原稿の第1ページ．題名の下に，筆名 Currer Bell と記されている(大英博物館所蔵)

義理の伯母リード夫人は、立場上、継母にも見立てられ、三人の子どものうち、二人の従姉イライザとジョージアナは、意地悪な姉たちの役どころでもあるため、ジェインの置かれた状況は、一見シンデレラ・ストーリーの型をなぞっているようにも見える。しかし、リード家には女中もいて、ジェインは家事を言いつけられるわけではない。リード夫人がジェインを阻害する真の理由は、ジェインが「おとなしさと素直さ」というシンデレラ的属性とは正反対の反抗的性質と意地の強さを内面に備えていることを、夫人が直感的に見抜いていたからではないだろうか。

これはたんなるリード夫人だけの印象にとどまらない。ジェインは、子ども部屋で二人の女中たちが、自分についてこんな会話を交わしているのを、漏れ聞く。

「もしあの子が、可愛い綺麗な子だったら、身寄りのない可哀相な子だと、同情する気にもなるけれども、あんなヒキガエルみたいな子じゃ、可愛がる気にはなれないわ」

「たしかにね。少なくとも、ジョージアナお嬢さんみたいに美人だったら、同じ境遇でも、もっと心を動かされたかもしれないわね」(第三章)

これに続いて女中は、長い巻き毛で青い目、愛らしい顔色のジョージアナが、絵に描いたような美人だと、賛嘆の言葉を連ねる。「ヒキガエル」は、嫌な子・憎たらしい子の譬えではあるが、やはりこの表現からは、容貌が劣っているという印象が強まる。このように、ジェインは「不美人」という点で、決定的に従来の女主人公の条件に反しているのである。

ヒロインが「孤児」であることも、『ジェイン・エア』の新しい要素である。シンデレラ型の女主人公は、実母を亡くしていても、父親がいる場合が多い。両親を亡くした孤児は、社会的に根無し草のように不安定な存在となりがちであるため、従来の物語では、いかに存在感が希薄であろうともどちらかの親は健在である、という設定になっていたのではないかと推測できる。

たとえばオースティンの小説について見ると、『分別と多感』では冒頭でヒロインたちの父が亡くなるが、母と、腹違いの兄がいる。『エマ』と『説得』では母親が亡くなっているが、父は頼りないものの、社会的地位は高い。『高慢と偏見』『マンスフィールド・パーク』『ノーサンガー・アビー』では、両親が健在である。したがって、孤児ジェインは――父方の身分の低い親戚とされていたエア伯父が、商売で財産を築いたということが後になって明らかになるのだが――従来のシンデレラ・ストーリーのヒロインたちよりも、さらに社会的に不安定な立場の女主人公として設定されていることがわかる。ジェインは義理の伯母リード夫人の庇護下を離れたら、住む家もなく食べることもままならない身の上だったのである。

対立と復讐、そして脱出

冒頭早々、ジェインは、四歳年上で険悪な仲の従兄ジョンと口論し、彼から暴力を振るわれたのをきっかけに、癇癪《かんしゃく》を起こして腕力で戦う。その罰としてリード夫人に不気味な赤い部屋に監禁されたジェインは、恐怖のあまり発作を起こし、診察に訪れた薬剤師ロイド氏に悩みを打ち明ける。ロイド氏は、ジェインを慈善学校へ行かせるようにと、リード夫人に進言するが、これはジェイン自身が自分で決めた道だった。

ゲイツヘッドを訪ねて来たローウッド慈善学校の経営者ブロックルハースト氏に対して、リード夫人は、ジェインが嘘つきなので、厳しく監督してもらいたいと告げる。初対面の人の前で自分が誹謗され、将来への希望が閉ざされようとしていることに憤りを覚えたジェインは、ブロックルハースト氏が帰って行ったあと、リード夫人に立ち向かう。「どうしても言わなければならない。自分はひどい踏みつけ方をされたのだから、仕返しをしなければ」と思い立ったジェインは、次のように反撃に出るのである。

「私は嘘つきではありません。もし嘘つきなら、あなたのことを好きだと言いますが、私はあなたのことが好きではありません。ジョン・リードを除けば、私は世界中でいちばんあなたのことが大嫌いです。嘘つきについてのお説教の本は、あなたの娘のジョージアナにやったらいいです。だって、嘘つきなのはあの子で、私じゃありませんから。……あなたと血がつながっていなくて、よかったわ。私は二度とあなたのことを伯母さんとは呼びません。大人になっても、あなたには会いに来ません。誰かに、あなたのことが好きか、あなたにどんな扱いを受けたかと聞かれたら、私はこう言います。あの人のことを考えただけでもむかつくし、あの人からひどく残酷な仕打ちを受けたって」(第四章)

ジェインは、このように憎しみの感情を露にして徹底的に対立し、相手に報復しようとする。これは、当時のコンダクト・ブックでは、決して女性には認められない態度であったと言えよう。ジェインは続けて、「あなたは私には感情がなくて、愛情や優しさのかけらもなくてもやっていけると思っているのでしょうけれども、私はそれでは生きていけません」と主張する。シンデレラなら、泣いて我慢し、誰かが助けに来てくれるまで待っているところだが、ジェインは不公平だと訴え、自己の人間としての尊厳を要求するのである。

この剣幕に押されて戸惑うリード夫人を前に、ジェインはかつて味わったことのない勝利感を覚える。ジェインはその後間もなくリード家を去り、馬車でひとり長旅に出るのである。このような物語の始まり方を見ても、『ジェイン・エア』がシンデレラ・ストーリーとは別の方向へ展開していく物語であることがわかる。一家の底辺にいる少女ジェインが、女主人リード夫人と惣領息子ジョンという最高権威者たちを敵にまわして、真っ向から対立し、その保護下から自分の意思で去って行ったことは、家父長的権力構造からの脱出の一歩を踏み出したことを、意味するからだ。ジェインはシンデレラのようにただじっと待っているのではなく、自分で決断する女主人公なのである。

3　学校生活とキャリア

勉学に励むことと、人間関係の形成

ローウッド学校は、慈善の精神からはほど遠い偏狭なブロックルハースト氏の経営方針ゆえに、食料も衣料も乏しく、生徒たちは劣悪な住環境のもとで辛苦を強いられていた。しかしジェインは、困難にめげず勉学に打ち込もうと決心し、努力が実って成果を上げていく。数週間もすると上級クラスへ進級し、数か月のうちにフランス語と英語を学び始めることを許される、といったように目覚ましい上達ぶりを示すのだ。

ほどなくジェインは、「いまはもう、どのような欠乏状態にあろうとも、このローウッドでの生活を、贅沢なゲイツヘッドの毎日と取り替えたいとは思わない」(第八章)と、言い切るまでになる。シンデレラは家庭内で言いつけを守って家事をするしかなかったが、学校という公共の場に身を置くことになったジェインには、学力を鍛え、競争に勝って他人に認められるという手段があったのである。

また、外部からの偶然の助けに頼るしかない孤独なシンデレラとは異なり、ジェインには、集団生活のなかで友人や教師を味方につけることが可能だった。ジェインは入学早々、ブロックルハースト氏によって全校生徒の前で、恩知らずな「嘘つき」であると弾劾されることで、壁にぶつかる。しかし、指導責任者のテンプル先生の助力によって、自分で汚名をそそぐことができたジェインは、その後テンプル先生を母のように慕い、理想的な教師として尊敬しながらますます頑張るようになる。

また、ジェインは、学友ヘレン・バーンズと親しくなり、心のなかの思いを彼女とともに語り合う。ヘレンは間もなく病死するが、この信心深い親友から、「敵を愛せ」という神の教えについて初めて学んだジェインは、自分とは異なったものの考え方に接したことをきっかけに、人格的にも成長していくのだった。

学校教師から家庭教師へのキャリア・アップ

ローウッド慈善学校で伝染病が蔓延し、その悪環境が暴かれたことを機に、慈善家たちによって改革が行われ、施設は改善される。その後、ジェインは六年間にわたり、「好きな科目や、すべてに抜きん出たいという願望、そして、好きな先生たちを喜ばせたいという熱意」(第一〇章)から、いっそう学業に励む。その結果、首席になったジェインは、教師の役職を与えられ、二年間、教師生活を送ることになる。

こうしてジェインは、自らの手で職を勝ち得たのである。しかし、彼女の野心はそこでとどまることはなかった。テンプル先生が結婚して学校を去り、これまでの心の支えを失ったジェインは、自由と変化を求めて、広い世界に出てみたいと考える。新しい職を手に入れようと思い立ったジェインは、誰に相談することもなく、「教職経験のある若い女性、一四歳以下の子どものいる家庭での職を求む。イギリスにおける上等教育の通常科目のほか、フランス語、図画、音楽の資格あり」という新聞広告を出す(授業風景の描写からすると、この「通常科目」には、地理・歴史・文法・習字・算数等が含まれていたようだ)。

ソーンフィールド屋敷から問い合わせがあり、その求めに応じて、ジェインは学校の理事から推薦状を発行してもらって提出する。その結果、採用が決定し、ジェインは、これまでの二倍の給料で、一〇歳に満たない少女に、家庭内で教育するというガヴァネス〔住み込みの女家庭教師〕の勤め口を獲得したのである。このように自ら広告を出して、自分の居場所と生活の手段を探そうとするジェインの態度は、決定的に脱シンデレラ的生き方であると言えるだろう。

こうしてジェインは、キャリアの展開を目指して、見ず知らずの広い世界へと自力でひとり旅立っていく。ソーンフィールドの主人ロチェスターは不在だったが、家庭教師の雇用を委託されていた家政婦フェアファックス夫人によって、ジェインは温かく迎え入れられる。自分の部屋で最初に目覚めた朝、ジェインは、「人生のより美しい時代――棘《とげ》や苦労ばかりではなく、花や喜びもある時代が、私にもやって来たのだ」（第一一章）と思う。

しかし、一般に、当時の家庭教師事情はそんなに華やかなものではなかったということを、ここで断っておきたい。結論から言うと、ジェインは特別運がよかったのだ。一九世紀の上流・中流階級における女性教育の主目的は、よい夫を得るために魅力的なレディーになることだったため、教養のある中流階級の女性をガヴァネスとして雇って、家庭教育を行うことが好まれた。この方法によれば、学校で他の生徒たちから悪影響を受ける危険なしに、娘を母親の監督下に置くことができたからである。

しかし、ガヴァネスの志願者が増え、受容よりも供給のほうが上回るようになるにしたがって、ガヴァネスが冷遇されるようになり、一八四〇年代ごろには、彼女たちの苦境がしばしば新聞や雑誌、パンフレットなどで取り上げられて社会問題となり、ガヴァネスを救済する運動が起きていた(一八四三年には、ガヴァネス慈善協会が組織され、一八四八年には、ガヴァネスの養成学校であるクイーンズ・カレッジがロンドンに設立された)。

当時のガヴァネスが置かれていたみじめな状況については、作品中で、ソーンフィールドを訪れた客人のひとりミス・イングラムが、子ども時代、いかにガヴァネスを蔑み、嫌がらせをして虐めたかという経験談を得々と披露している箇所からも、垣間見られる。作者シャーロットの妹アン・ブロンテの小説『アグネス・グレイ』(*Agnes Grey*, 1847)には、牧師の娘である女主人公アグネスが、父が投機に失敗して財産を失ったことをきっかけにガヴァネスになり、勤め先で苦闘したさまが、克明に描かれている。

また、貧しい牧師の娘であった作者シャーロット自身も、ガヴァネスとして働いた経験があり、「ガヴァネスの仕事が私にとってどれほど辛いものであるかは、私にしかわかりません――というのも、この仕事が私の精神や性質にまったく反するものであることは、私以外の誰にもわからないからです」(一八四一年三月三日、エレン・ナッシー宛ての手紙[Barker, p. 89])と述べている。

ガヴァネスの待遇は、雇用者に左右され、家庭によって異なった。ことにガヴァネスの仕事内容を決定づけたのは、生徒の親、とりわけ母親の教育方針、そして、生徒である子どもたち自身の性質・能力などの要因である。先に挙げた『アグネス・グレイ』の場合、一度目の勤め口ブルームフィールド家では、アグネスを監視する冷淡な母親によって、わがままな子どもの責任をすべて転嫁され、二度目の勤め口マリ家では、子どもに苦痛を与えずに表面的に魅力的にしてほしいという浅薄な教育方針を母親から押し付けられ、ともにアグネスの苦闘は惨憺《さんたん》たる結果に終わる。

しかし、『ジェイン・エア』の場合、雇い主ロチェスターは独り者の紳士で、女主人の存在はなく、生徒はロチェスターが後見人になっている七歳のフランス人の少女アデールひとりである。アデールは、これまで甘やかされていてわがままなところもあったが、「生徒の世話は完全に私に任され、私の教育方針に対しては、どこからも無思慮な干渉による妨害がなかったので、間もなく気紛れではなく従順で教えやすい生徒になった」(第一一章)とジェインも述べているとおり、彼女の教師としての仕事は容易なものだったと推測できる。

この作品では、具体的な授業風景が描かれることもなく、物語はジェインとロチェスターの出会いと二人の関係が親密になっていく過程を中心に展開していくのである。

4　男性パートナーとの対等な関係

お伽噺のパロディ——真の自立を目指して

ジェインはフェアファックス夫人から、主人ロチェスターがふだん屋敷を不在にしていて、時々不意に帰って来ると聞かされていた。ある日、ジェインが用事で町まで散歩しているとき、途中で通りかかった馬が足を滑らせ、男性が落馬する。捻挫した男性は、助力を申し出たジェインの肩に寄り掛かり、足を引きずりながらふたたび馬に乗って立ち去る。

この出来事のあと散歩から帰宅したジェインは、旅から屋敷に戻ったロチェスターが、先ほど道中で会った男性にほかならなかったことを知る。ちなみに、ロチェスターは、優雅とは言いがたいいかつい顔立ちで、ぶっきらぼうな性格の、三〇代半ばの中年男である。これがジェインとロチェスターの最初の出会いだった。『白雪姫』や『眠れる森の美女』などでも見られるとおり、白馬に乗った王子が姫を助けるというのが、プリンセス・ストーリーにおける典型的な出会いのイメージである。それに対して、ヒーローが落馬し、ヒロインに寄りかかって助けられるというこの出会いは、お伽噺のパターンのパロディであるとも言えるだろう。

　こうして知り合った二人は、率直な会話を交わすうち、互いに心が通じ合い、雇用関係を超えた友情を育んでいく。ある夜中、何者かの放火によってロチェスターが眠ったまま危うく焼け死ぬところを、ジェインが救助する。この事件をきっかけに二人は急接近し、ジェインはロチェスターに恋心を抱くようになる。

　しかし、その後、上流階級の客人たちがソーンフィールドを訪れて滞在していたとき、ロチェスターの婚約者と噂される傲慢な美人ミス・イングラムの姿を目にして、ジェインは失恋に苦しむ。ことに、一同が余興としてシャレード〔ジェスチャーによって言葉を当てるゲーム。このときの正解は、花嫁《ブライド》＋泉《ウェル》＝監獄《ブライドウェル》〕を演じているさい、ミス・イングラムとロチェスターに婚礼の無言劇を演じる場面を見せつけられたことは、ジェインに衝撃を与える。

　その最中、ゲイツヘッドから知らせが来て、ジェインは死の床に就いたリード夫人に会いに行く。伯母の葬儀を終えてソーンフィールドへ帰って来たジェインは、ロチェスターとミス・イングラムの結婚を予期し、彼との別れを覚悟していた。しかし、客人たちはすでに帰ったあとで、ジェインは思いがけず、ロチェスターから求婚される。

　あたかもシンデレラの「意地悪な姉」の役どころだったミス・イングラムは、その豪奢《ごうしゃ》に着飾った堂々たる美しい容姿にもかかわらず、ジェインを蔑む醜い心ゆえに、王子の花嫁捜しの「靴合わせ」に合わず、片やみすぼらしい身なりの小柄なジェインの足が、靴にぴったり合ったというようなストーリーの流れである。貧しいガヴァネスであるヒロインが、大金持ちの屋敷の主人と結婚するという運びは、一見シンデレラ・ストーリーのように見えるが、物語はそのようには進まない。

婚礼の最中に異議が唱えられ、ロチェスターに隠し妻バーサがいることが発覚するのである。ロチェスターにはかつて、父と兄の計略により、ジャマイカの農園主の娘で、精神異常の遺伝形質のある女性と財産目当ての結婚をさせられたという過去があった。ロチェスターは、結婚後間もなく発狂して野獣と化したバーサを、イギリスに連れ帰り、ソーンフィールド屋敷の一室に閉じ込めて、付添人に世話をさせていたのだった。

計略によって花嫁の座を得たバーサは、あたかもグリム版の、母親に促されて足を切り、血を流しながら靴に足を押し込んだ姉に譬えられるような存在である。ちなみに、ロチェスターと出会ったころのバーサは、ミス・イングラムに似た長身の美人だったという。ジェインは婚礼の前夜、恐ろしい姿の女が憎々しげに自分をにらみつけ、花嫁のヴェールを引き裂き、足で踏みつけるのを見て、気絶する。これは、狂ったバーサが、妻の座を奪われることを直感して、ジェインに嫉妬を覚え、危害を及ぼそうとしたことを暗示する出来事と言えるだろう。

グリム版では、王子がいったん偽りの花嫁を連れて行き、自分の誤りに気づいて戻って来たとき、灰かぶり（シンデレラ）は王子を受け入れる。しかし、ジェインは、その過ちを見過ごそうとはしなかった。いかにロチェスターと愛し合っていても、彼のもとに留まることは、情婦になることを意味したからである。苦悩と誘惑に引き裂かれつつも、ジェインは心のなかで次のように言う。

私は自分が大切だ。私が独りぼっちで、孤独で、誰も支えてくれる人がいないからこそ、私は自分を尊重しよう。神によって与えられ、人間によって定められた法を、私は守ろう。私はいまのように自分の頭が正常に働いていないときではなく、まともなときの自分が信じている道徳を守ろう。法や道徳は、誘惑がないときのためにあるものではない。それらは、肉体と魂がその厳しさに逆らおうとする、いまのような瞬間のためにこそ、存在するのだ。法や道徳は、厳格なもので、犯してはならない。（第二七章）

ここには、恋愛や結婚による幸せを求める以前に、まず一個の人間としての自立した精神を希求する魂の叫びがある。自分が心の奥底で正しい生き方をしていると思えないなら、どんな誘惑にも屈してはならないこと。それが自己を尊重することなのだと決断して、ジェインはロチェスターの懇願を振り切り、彼のもとから去っていく。こうして真の自立へと大きな一歩を踏み出したヒロインの姿が現れるに至って、『ジェイン・エア』におけるシンデレラ・ストーリーは、幕を閉じたのである。

対等なパートナーを求めて

ジェインは放浪の末に倒れたところ、牧師セント・ジョン・リヴァーズとその妹たちに救助される。その後ジェインは、村の学校で教師生活を送るようになる。この時期に、ジェインは父方の伯父で、マデイラで商売により財産を築いて亡くなったというエア氏から遺産を相続して、経済的にも自立する。

しかし、セント・ジョンから伝道師の妻としてともにインドへ旅立つことを求められたとき、突如ジェインは、どこからともなく自分の名を呼ぶロチェスターの声を耳にする。あたかもテレパシーが導入されたかのようなこの出来事は、合理的な説明がつきがたく、しばしば論議の的となる。敢えて言うなら、愛のない結婚を強いられたジェインはその瞬間、ロチェスターこそ、自分の魂が合致する伴侶であることを、五感を超えて察知したのだと言えるかもしれない。ジェインは、ロチェスターの消息を求めて、急ぎソーンフィールドへと向かう。しかし、屋敷はすでに火事で消失したあとで、ファーンディーンの別荘を訪ねてみると、負傷したロチェスターは、失明し片方の腕を失って、ひっそり暮らしていた。放火したバーサが屋根から身を投げて命を絶ったため、いまや法的な婚姻が可能になったとわかり、ようやくジェインはロチェスターと結婚する。

ここで注目したいのは、結婚に至ったとき、ロチェスターとジェインが対等なパートナーになっていたということだ。そもそもロチェスターが、「王子」の条件に欠けていることは、これまでにも見てきたとおりである。彼はハンサムでも、独身でもなく、妻を監禁している夫という点では「青髭」(ペローの民間伝承に基づいた『童話集』に出てくる大金持ちの殺人鬼。六人の妻を殺して一室に死体を隠し、七人目の妻にその秘密を発見される)的な悪漢のイメージすら伴う。ただ、大金持ちだという点で彼は優位に立っていたのだが、ジェインが経済的に自立したことにより、その立場上の差は縮まった。そのうえ、失明し、片方の腕を失うという肉体的な障害を負ったロチェスターは、ジェインの助力を必要とする身となり、いまや立場上の優劣が相殺されたとも言える。

後半のストーリーの流れには、多少不自然さが目立つことは否定できないが、そこには、作者が物語における男女の人間的対等性の実現を望んでいたことが表れているとも見なせるだろう。つまり、この「わざとらしい」設定こそ、作者がシンデレラ・ストーリーを脱したがっていたことの表れとも言えるのである。

作家への道――ジェインの物語とシャーロットの人生

『ジェイン・エア』の結びの章は、「読者よ、私は彼と結婚した」という言葉から始まる。ジェインとロチェスターは、ひっそりと教会で結婚式を挙げ、静かな結婚生活を始める。回想録の終わりが近づいたとき、ジェインは次のようにまとめに入る。

私の物語も終わりに近づいた。私の結婚生活についてひと言述べ、この物語にたびたび登場した人たちのその後の成り行きについて簡単に触れて、物語を閉じることとしたい。私は結婚していま一〇年になる。この世で最も愛する人のために、ともに生きることがどういうことなのかを、私は知っている。私はこの上もなく幸せだ。言葉では言い尽くせないほど幸せだ。私は夫の命であり、夫は私の命であるからだ。私ほど自分の伴侶に近づけた女性はいない。まさに夫の骨の骨、肉の肉［『創世記』第二章第二三節］になれたのだ……。
（第三八章）

ここでジェインが、この回想録を「物語」(tale/narrative)と呼んでいることに注目したい。副題として「自叙伝」(*An Autobiography*)と名づけられたこの記録を、彼女は誰のために書いたのだろうか？　これはたんに自分だけのための覚え書きではない。ここに至るまでにも、物語の合間に、しばしば「読者よ」という呼びかけが挟まれていたが、それは、この書き物が、第三者に読まれるために書かれた読み物であることを意味する。

この結びの章に至って、読者はようやく状況が理解できるようになってくる。二年目にロチェスターの片方の目の視力が回復し、男の子が生まれ、結婚して一〇年たって、家庭生活が落ち着いてきたころ、どうやらジェインは、まず自叙伝を書くことから始めて、作家になろうと考えているらしい。つまり彼女は、これから作家としてのキャリアを歩もうとしているのだ。結婚後、妻として母として生きるのみならず、自分の能力を活かした仕事に取り組み、ライフワークを持とうとすること。これは、シンデレラ・ストーリーのヒロインにはなかった新しい要素であると言えるだろう。

『ジェイン・エア』は、あくまでも創作された虚構の物語であって、作者シャーロット・ブロンテ自身の自叙伝ではない。しかし、やがて作家になるという点において、女主人公ジェインと作者シャーロット・ブロンテの運命は重なり合う。

そこで、最後になったが、シャーロットの人生を簡単に紹介することで、本章を締めくくることとしよう。

シャーロットは、イギリスのヨークシャー地方の貧しい牧師の娘として生まれ、幼いときに母を亡くし、荒涼とした荒野《ムア》の自然のなかで、弟妹たちとともに想像力を育みながら文学的才能を磨いていった。六人きょうだいのうち長女と次女は幼くして病死し、三女シャーロット、長男ブランウェル、四女エミリー、五女アンという順で、最年長のシャーロットはリーダー的存在だった。

一家の生計を支えていくために、きょうだいたちはみなそれぞれ、仕事をしなければならなかった。ブランウェルは、詩才にも恵まれ、唯一の男子として父から大きな期待をかけられていたにもかかわらず、画家を志して挫折し、家庭教師の雇用先の夫人と恋愛問題を起こして解雇され、結局アルコール中毒で破滅的な死に至る。シャーロットとアンは、女家庭教師になった時期もある。また、シャーロットとエミリーは、一時期ベルギーに留学して教師としての素養を培い、帰国後、学校設立を試みたが、生徒が集まらず、失敗に終わった。

しかし、数々の苦難にもかかわらず、シャーロットはあきらめなかった。とりわけ文学的野心が強かったシャーロットは、妹たちに小説を書こうと提案する。こうして、一八四七年、シャーロットは『ジェイン・エア』を、エミリーは『嵐が丘』(*Wuthering Heights*)を、アンは『アグネス・グレイ』を、発表したのである。当時は、『ジェイン・エア』の大成功が群を抜いていたが、三作とも今日まで読みつがれる古典となり、ことに奇書『嵐が丘』は、世界文学のなかで『ジェイン・エア』に勝るとも劣らぬ地位を築いている。

エミリーは三〇歳で、アン〔その後、小説『ワイルドフェル・ホールの住人』(*The Tenant of Wildfell Hall*, 1848)を発表〕は二九歳で、未婚のまま病死した。他方シャーロットは、ベルギー留学時代に、妻のいる教師エジェ氏に失恋し、帰国後、父の教会の副牧師アーサー・ベル・ニコルズに求婚されて結婚したが、翌年、妊娠中毒症にかかり胎内の子どもとともに亡くなる。彼女は、一年足らずではあったが、幸せな結婚生活を送るなど、妹たちよりも多彩な人生経験を経て、全部で四つの小説〔『ジェイン・エア』『シャーリー』『ヴィレット』『教授』〕を発表し、三八歳の生涯を閉じたのだった。

晩年の作品『ヴィレット』(*Villette*, 1853)も、孤児として育ち、薄幸の人生のなかで恋愛経験を経てキャリアを築いていく女主人公が語る物語である。『ジェイン・エア』や『ヴィレット』は自伝的作品ではないが、自立を目指しつつ豊かな人生経験を求め、従来の父権社会における女性の生き方を脱却しようとしたシャーロットの精神が、そのなかに自ずと表れ出ていると言えるだろう。

第２章

アメリカへ渡った「ジェイン・エア」の娘たち

──『若草物語』『リンバロストの乙女』『あしながおじさん』

右上：ルイーザ・メイ・オルコット
左上：ジーン・ストラットン・ポーター
下：ジーン・ウェブスター

1　『ジェイン・エア』の物語とアメリカの女性作家たち

〈ジェイン・エアの娘たち〉はどこへ行ったのか？

『ジェイン・エア』は、発表当初から、大評判となり売れ行きがよかった一方で、批評家たちを驚かせるような衝撃的な小説だった。この作品のなかに溢れる感情表現に、これまでのイギリス小説とは異質な何かを、人々は感じ取ったのである。「シャーロットの登場によってイギリス小説に新しいものが現れた。彼女とともに小説に情熱が入り込んだのである」（Allen, p. 193）と、批評家ウォルター・アレンも指摘しているように、この作品は歴史的意義のある作品として高く評価されている。

ただし、この小説に対して違和感を覚える作家も、イギリスには少なくない。たとえば、二〇世紀初頭の女性作家ヴァージニア・ウルフは、「シャーロットの精神力は、抑制されているだけに一段と凄まじいものであるが、それがすべて〈私は愛する〉〈私は憎む〉〈私は苦しむ〉という主張に注がれている」（Woolf, p. 199）と述べて、シャーロットの視野の狭さを批判した。

シャーロット・ブロンテの作品の新しさは、作者自身の言葉によって如実に明らかにされたことがある。シャーロットは、『ジェイン・エア』の書評を書いたジョージ・ヘンリー・ルイス〈後に女性作家ジョージ・エリオットの夫となる評論家〉から、もう少し抑制された文体で書くことをジェイン・オースティンから学ぶようにと勧められたとき、反論の手紙〈一八四八年一月一二日、一八日〉を書き送った。ルイスの勧めに従って『高慢と偏見』を読んでみたが、この作品には「ありふれた顔の銀板写真のような正確な肖像と、優雅な花々の花壇のある、きちんと柵で囲われた手入れの行き届いた庭」しかないので、「私はオースティンの描く紳士や淑女といっしょに、優雅で狭苦しい家に住みたいとは思わない」と、辛辣に返答したのだ。

それに対してルイスが、オースティンは「最も偉大な芸術家で、人間の性格を描く達人」であると念押しすると、シャーロットは、「あなたもおっしゃるとおり〈情緒〉と詩に欠けたオースティンは、分別があり、現実的〈真実である以上に現実的〉ではあっても、偉大ではありません」(Barker, pp. 180–181)と、再度反発したのだった。

このエピソードからも、シャーロットが、オースティンの系譜上にあるイギリス小説の伝統に反発し、逆らおうとしていたことがわかる。それゆえ反逆者としてのシャーロットは、イギリス小説史に新たな息吹を吹き込み、揺さぶりをかけはしたが、直後に後継者を生み出すことはなかった。故国イギリスよりも、むしろ海を渡って新大陸の地で、〈ジェイン・エアの娘たち〉は次々と生まれ育っていくことになったのである。

アメリカは、一七世紀の初頭以来、イギリスの清教徒を中心とするヨーロッパ人たちが植民地建設をし、本国から独立して建国した新世界である。一四九二年、コロンブスが西インド諸島を「発見」したとき、初めて西洋の歴史のなかに登場するアメリカは、それ以前の文化伝統を持たない。したがって、アメリカの文学史は、旧大陸から渡ってきた祖先たちが持ち込んだ英文学を主たる土台として、それを継承・発展させ、あるいはそれに反発することによって新しい独自性を追求しつつ、形成されていった。他の国のように民間伝承や詩歌から始まるのではなく、散文から始まり、小説がその主流であったことが、アメリカ文学の特色である。

出版業が活性化した一九世紀以降は、英米の小説が、大西洋の両岸でほぼ同時に出版される機会が多くなっていった。チャールズ・ディケンズ(一八一二—七〇)やウィリアム・メイクピース・サッカレー(一八一一—六三)のように、アメリカに講演旅行に出かけ、大きな影響力を発揮するイギリス人作家たちもいた。アメリカの小説家ヘンリー・ジェイムズ(一八四三—一九一六)は、イギリス小説を次々と批評して自国に紹介したのみならず、自らもイギリスの作家たちと交流し、結局イギリスに帰化した。このような事例からもうかがわれるように、同じ英語圏のアメリカ文学とイギリス文学は密接な関わりがある。

しかし、イギリスで評価の高い小説が、すべてアメリカで好んで受け入れられたわけではない。たとえば、伝統的なイギリス社会の「紳士や淑女」の優雅な生活を描いたオースティンの小説に対して、アメリカ人の心はあまり共鳴しなかったようである。マーク・トウェイン（一八三五―一九一〇）のように、オースティンをひどく嫌ったことで有名なアメリカ人作家もいる。

それに対して、シャーロット・ブロンテの作品は、ことにアメリカの女性作家たちの心に響くものがあったようだ。自らの人生を切り開いていくジェイン・エアの精神は、アメリカにおける「開拓者精神」と相通じるものがあったのかもしれない。そういうわけで、〈ジェイン・エアの娘たち〉は、故国イギリスよりも、むしろアメリカに誕生することになったのである。

では、まず〈ジェイン・エアの娘たち〉のなかから、代表的な女性作家たちを紹介しよう。

ルイーザ・メイ・オルコット

独立革命前後のナショナリズムの台頭とともに、ワシントン・アーヴィング、ナサニエル・ホーソン、ハーマン・メルヴィル、ハリエット・ビーチャー・ストウといった国民作家たちが次々と登場し始め、読者に熱狂的に迎えられる一方で、英文学が依然としてアメリカの作家たちを育てる滋養の宝庫であったことには、変わりがない。

アメリカ東部のペンシルベニア州に生まれたルイーザ・メイ・オルコット（一八三二―一八八八）も、英文学を読みながら育った女性作家のひとりである。ちなみに、彼女の父ブロンソン・オルコットは思想家で、アメリカの最初の哲学者と言われるラルフ・ワルド・エマーソンや、エッセイ『ウォールデン』（*Walden*, 1854）の作者として知られるヘンリー・デイヴィッド・ソローに、超絶主義思想の影響を与えた人物だった。

オルコットは、一〇代のころから、針仕事や学校教師（学校といっても、自宅で行われる塾のようなものが大半だった）、家庭教師などの仕事をしながら、小説の執筆を始める。一六歳のときに書き始めた最初の物語「恋敵の画家たち」（"The Rival Painters," 1852）が、三年後に雑誌に掲載されたさい、オルコットはこのことを日記に記し、「これからは少なくてもいいからすばらしい小説や最高傑作だけを読もう」と、今後への意欲を表明している。そこで自分の大好きな作品名として列挙されたもののなかには、トーマス・カーライルの『フランス革命史』（*The French Revolution*, 1837）やジョン・ミルトンの『失楽園』（*Paradise Lost*, 1667）、ストウの『アンクル・トムの小屋』（*Uncle Tom's Cabin*, 1852）などと並んで、『ジェイン・エア』が含まれている（一八五二年の日記［Myerson, *The Journals*, pp. 67–68］）。

オルコットは、二五歳のときの日記に、シャーロット・ブロンテの伝記を読んだことを記し、次のような感想を綴っている。

とても興味深いけれども、悲しい人生。あんなにも才能に溢れた人物が、長い間仕事をし続けて、やっと成功と愛と幸せが訪れたとたんに、死んでしまうなんて。いつか私も、私の奮闘の物語を読みたいと思ってもらえるほど、有名になれるだろうか。シャーロット・ブロンテのようにはなれそうにもないけれども、私も少しは名を成すことができるかもしれない。（一八五七年六月［Myerson, p. 85］）

ここには、これから作家活動を本格的に展開していこうという三八歳にして亡くなったシャーロットを惜しむ気持ちとともに、偉大な先輩作家への敬意と、自分もかくありたいと願うオルコットの憧れが溢れている。

オルコットは、結婚を特に望んでいなかったようだ。姉が幸福な結婚生活を送っている姿を見ながらも、「私は自由な独身女性のままで、自分の小舟を自分で漕ぎながら生きていくほうがいい」（一八六〇年六月［Myerson, p. 99］）と、二七歳のときの日記に記している。

その後も小説を雑誌に投稿し続けたオルコットは、一八六二年、「ポーリンの情念と罰」("Pauline's Passion and Punishment")が新聞の懸賞小説に当選したことをきっかけに、新聞連載小説を開始する。こうして三〇歳にして職業作家となったオルコットは、次々と小説を出版していった。南北戦争中、陸軍病院の篤志看護師として働いた経験をもとに書いた『病院のスケッチ』(*Hospital Sketches*, 1863)や、妖精物語、スリラー小説など、多方面にわたる作品を発表していたオルコットは、出版社から、少女向けの物語を書いてほしいとの依頼を受けて、自身の少女時代の家庭生活をもとに『若草物語』(*Little Women*, Part 1/Part 2)の執筆に取り組む。一八六八年に同作の第一巻、翌年には第二巻が、米英両国で出版され、大成功をおさめた。

その後もオルコットは独身を続け、職業作家として数々の小説を米英両国で発表し続けた。彼女は晩年に、自分の読書体験を振り返りつつ、大好きな作家として、イギリスの小説家のなかでは、シャーロット・ブロンテとジョージ・エリオットを挙げている(一八八五年一二月、ヴァイオラ・プライス宛ての手紙[Myerson, *The Selected Letters*, p. 296])。オルコットにとって、シャーロット・ブロンテが、生涯、影響を受けた作家のひとりであったことは、間違いないようだ。

ジーン・ストラットン・ポーター

ジーン・ストラットン・ポーターは、一八六三年、イギリス系のメソジスト派牧師であり農場経営者でもあった父マーク・ストラットンと、オランダ系の母メアリとの間に、インディアナ州の農場で、一二人きょうだいの末っ子として生まれた。幼いころから自然、ことに鳥への興味が強く、父と兄に教えられて、農場周辺を歩き回りながら、動物を観察することを楽しんだ。アメリカのインディアナ州とイギリスのヨークシャー地方とでは環境が大いに異なるものの、牧師館周辺の荒野のなかで育ち、鳥に興味を持っていたシャーロット・ブロンテ――『ジェイン・エア』の冒頭部には、幼いジェインがビューイックの『英国鳥類誌』の絵や文章を見ているさまが描かれている――を、かすかに彷彿させるようだ。

一八七四年、一一歳のとき、母の病気治療のため、ジーンは家族とともにウォバシュ郡へ転居し、間もなく母は亡くなったが、このころから正規の学校教育を受け始めた。野外生活を好む習慣は以前と変わらなかったが、一方で文学作品の読書にも没頭するようになった。これには、本好きの父の影響も大きかったようだ。父マークは特に歴史の本を好み、聖書をそらんじていて、しばしば人々に本を朗読して聞かせ、「我が子のひとりが、自分が誇らしく思うような本の作者になってくれるならば、イギリスの王になってくれるよりも嬉しい」というのが口癖だったという(Stratton-Porter, *Gene Stratton-Porter*, p. 7)。

幼いときには、わずかな本しか手に入らなかったジーンだが、成長後は、年長の姉が所持していた文学全集に夢中になる。なかでも、彼女が愛読したのは、ゴールドスミスの『ウェイクフィールドの牧師』、シャーロット・ブロンテの『ジェイン・エア』をはじめ、ディケンズ、サッカレー、ジョージ・エリオットの作品など、イギリス小説が中心だった。フランス小説では、特にサンティーヌの『ピッシオラ』(*Picciola*, 1836)から影響を受けたという(Long, p. 84)。このころの読書の影響により、文学とは何かという考えがジーンのなかで形成され、のちの彼女の文学活動の土台になったことは確かである。

一八八四年、ジーンは薬剤師チャールズ・ドーウィン・ポーターと出会い、文通を続けたあと、翌年結婚した。有能な実業家であったチャールズは、薬局経営から始めて、農場、ホテル、レストラン、銀行、石油会社などへとビジネスを拡大することに成功した。ポーター夫妻には、一人娘が生まれ、インディアナ州のアダムズ郡のジェネヴァへ転居した。

結婚によって経済的な安定と独立を得たジーンは、当時の女性の制限された生き方への反発から、妻・母としての役割以上のものを求めるようになった。「そのころの私は、自分の存在に潜む激情のはけ口を求める戦いを、たえず経験していた……自己表現の形を求めて、人一倍苦しんだのだ」(Stratton-Porter, *Homing with the Birds*, p. 44)と彼女は語っている。文章を書くことこそ、自己表現のはけ口であり、自分自身の真の自立にもつながると、ジーンは信じていたのである。彼女はまず、自分にとって興味のある自然を題材とした記事を書き、雑誌に投稿し始める。鳥の生活について書いた文章に添えられた挿絵に失望したことをきっかけに、写真の技術を身につけ、自分で撮影・現像した写真を記事に添えるようにもなった。ジーンは作家として自活した喜びと自信を、次のように表明している。

自己解放への最初の大胆な一歩を踏み出す。お金が入ってくるようになった。私が仕事をしているとは誰も知らないうちに、自分で稼いだお金が財布に入っている。私がするべき家事をして、家族が快適でいられるならば、私の野心を推し進めるためにできることをする権利が、私にはある。（Meehan, p. 108）

一九〇一年には、最初の短編小説が『メトロポリタン』誌上に発表された。その後、自然を題材とした書き物と小説との両方を執筆し続けながら、ジーンは成功し、有名な作家となった。出版された二六冊の本のうち、小説が一二冊、自然研究が八冊、詩集が二冊、短編小説および児童文学が四冊というように、ジャンルも多岐にわたる。代表作は、『そばかす』（*Freckles*,

1904)と、それに続く『リンバロストの乙女』(*A Girl of the Limberlost*, 1909)で、これらはベストセラーとなり、二三か国語に翻訳された。これら二作と、次の『ハーヴェスター』(*The Harvester*, 1911)は、リンバロストの森林湿地帯を舞台とした三部作である。自然とロマンスを結びつけるというところが、ポーターの小説の特色であると言える。

彼女は小説家として名声を得たが、その出発点は、あくまでも自然への愛にあった。それゆえ彼女は、リンバロスト・キャビン、シルヴァン湖畔のキャビンなどの丸太小屋を購入し、それらの仕事部屋を拠点として、ライフワークとしての自然研究を進めながら、執筆活動を展開していった。そして彼女は、自分の書いたものをとおして、自然環境保護に貢献したいという願いも果たしていった。

激務により体調を崩したジーンは、一九一九年、転地療養のために家族とともにカリフォルニア州のロサンゼルスへ転居し、今度は、海や峡谷、荒野などの自然に興味を持つようになる。一九二四年には、ストラットン・ポーター・プロダクションを設立し、娘ジャネットと結婚した映画監督のジェイムズ・レオ・ミーハンとともに、映画製作に乗り出す。最初に製作した作品は、彼女の小説を映画化した『リンバロストの乙女』(一九二四年、ジェイムズ・レオ・ミーハン監督)である。自分が小説世界で描いた自然を、誤ったイメージではなく、正しく伝えたいという思いの延長線上として、ジーンの自己表現の願望は、ついに彼女を映画のプロデューサーにするまでに至ったのである。

結婚だけにとどまらず、自己表現と真の精神的・経済的自立を求めて、書き続けたこと。よき理解者であるパートナーとともに、結婚とライフワークとを両立させたこと。こうした点において、ジーン・ストラットン・ポーターはシャーロット・ブロンテの系譜に連なる女性作家であり、まぎれもなく〈ジェイン・エアの娘〉であると言えるだろう。

ジーン・ウェブスター

ジーン・ストラットン・ポーターの作品に続き、ケイト・ダグラス・ウィギン（一八五六—一九二三）の『少女レベッカ』(*Rebecca of Sunnybrook Farm*, 1903)、エレナ・ポーター（一八六八—一九二〇）の『少女パレアナ』(*Pollyanna*, 1913) など、少女を主人公とするアメリカ女性作家たちの小説が次々と発表されて、ベストセラーになっていった。

同時代に現れたジーン・ウェブスター（本名アリス・ジェイン・チャンドラー・ウェブスター、一八七六—一九一六）の代表作『あしながおじさん』(*Daddy-Long-Legs*, 1912) は、『ジェイン・エア』との親近性という点で、注目すべき作品である。あとでも詳しく述べるとおり、女主人公が作品の語り手であり、孤児として不遇な子ども時代を送ることなど、共通の要素を含んでいるからだ。

ウェブスターは、ニューヨーク州のフレドニアに生まれ、幸福な子ども時代を過ごした。母がマーク・トウェインの姪で、父がトウェインの仕事上のパートナーとして、マンハッタンで出版社を設立し、トウェインの『ハックルベリー・フィンの冒険』(*The Adventures of Huckleberry Finn*, 1884)をはじめとするベストセラーを出版するなど、文学と関わりの深い家庭環境のなかで育ったのである。しかし、父チャールズは神経を患い、会社経営が困難となって、トウェインとの関係が悪化したことをきっかけに、自殺した。このときウェブスターは一五歳だったが、彼女がそれ以後、いっさいの権威主義的なものに対して反抗精神を持ち続け、社会改革運動に加わることになったのには、この不幸な出来事に何らかの端を発しているように思われる。

ウェブスターは、フレドニアの師範学校や女子寄宿学校で学んだのち、一八九七年、二一歳のときから四年間、ニューヨーク州のヴァッサー・カレッジで英文学と経済学を専攻した。ウェブスターは、この時期に英文学に精通するとともに、物語の執筆を始め、『ヴァッサー・ミセラニー』という文学雑誌に次々と投稿した。一方で、経済学課程の一環として、救貧院や非行少年のための施設などを見学したことは、社会問題に関心を持つきっかけとなり、ウェブスターはその後も、自ら「社会主義者」と称して、刑務所改革や女性参政権運動をはじめ、さまざまな社会運動に参画することになった。

一九〇一年、大学を卒業後、ウェブスターは精力的に文学活動を開始し、物語を執筆してさまざまな雑誌に投稿し続けた。出版社から原稿を突っ返されることもしばしばあったが、数年のうちに原稿料が得られるようになり、一九〇三年には、処女作『パティ大学に行く』(*When Patty Went to College*, 1903)を出版した。一九一二年に代表作『あしながおじさん』を出版して大成功し、三年後にその続編として『続あしながおじさん』(*Dear Enemy*, 1915)を出版した。

『あしながおじさん』の女主人公ジュディ・アボットは、あしながおじさん宛ての手紙で、次のように述べている。

昨夜、夜中過ぎまで『ジェイン・エア』を読みました。……純然たるメロドラマですが、とにかく先を読まずにはいられません。いったい若い女性にどうしてこんな本が書けたのでしょう。しかも教会墓地で育ったような女性に。ブロンテ姉妹には、私を夢中にさせる何かがあります。彼女たちの作品、人生、そして精神など。いったいどこで、こういったものを手に入れたのでしょう？　慈善学校で幼いジェインが経験した苦難について読んだとき、私は怒りを発散するために、散歩に出かけなければならなかったほどです。私には、ジェインの気持ちがすっかりよくわかるのです。(Webster, pp. 69–70)

「先を読まずにはいられれ」ない物語の面白さや、作者シャーロットへの賛嘆の念を表したジュディの言葉は、そのまま作者ウェブスターの思いを表明したものだろう。このあとジュディは、「いつか私は孤児院を設立して校長になりますから、待っていてください」と、あしながおじさんに向かって宣言する。「大人になってどんなに苦労するにしても、誰だって思い出に残る幸せな子ども時代を過ごすべきだと私は思います」(p. 71)というジュディの言葉からは、作者ウェブスターの社会改革者としての見解もうかがわれる。

『続あしながおじさん』では、母となり作家となったジュディが、孤児院の校長となる夢を、大学時代のルームメイトのサリーに託し、サリーがジュディをはじめとする人々宛てに手紙を書くという形の物語である。したがって、この続編は、さながら『ジェイン・エア』のローウッド慈善学校のごとき悪環境から、孤児たちを救い出すために、ジュディの出身校ジョン・グリア孤児院を改革するサリーの奮闘記なのである。

実は、ウェブスターの人生には、『ジェイン・エア』の物語と深く関わる部分がある。ウェブスターはヨーロッパに旅行中、その後生涯の友となるアメリカ人エスリン・マッキニーとパリで出会い、帰国後、彼女の兄である、妻子ある法律家グレン・フォード・マッキニーと恋に落ちる。マッキニーの妻は、精神を患っていた。一九一五年、この妻が離婚を申し出たために、ウェブスターは七年越しの恋が実ってマッキニーと結婚したのである。これは、ジェイン・エアの恋人ロチェスターに精神を患う妻バーサがいたため、二人の法的な結婚がしばらくかなわなかったというストーリーと重なり合う。

そして、恋人の妻の死により結婚が可能になるという似たストーリーが、『続あしながおじさん』の女主人公サリーと、孤児院の校医マクレイとの間にも展開するのである。物語のなかのマクレイにも、精神病となって施設に収容されている妻がいたが、この妻が死んだために、サリーはマクレイと結婚することになるのだ。

『ジェイン・エア』の筋書きのごとくマッキニーとようやく結婚できたウェブスターだったが、一年足らずの幸福な結婚生活を送ったのち、出産後、産褥熱《さんじょくねつ》により亡くなる。まるで、結婚の翌年に妊娠中毒症のために命を落としたシャーロット・ブロンテのような最期だった。

2　女らしさへの問い——ルイーザ・メイ・オルコット『若草物語』

新しい女主人公ジョー

『若草物語』は、マーチ家のメグ、ジョー、ベス、エイミーの四人姉妹の物語である。父マーチ氏が南北戦争に従軍牧師として出征していて不在の一年間、母マーチ夫人は堅実に娘たちを守り育てる。貧しいながらも家族は温かい愛情でつながっていて、生活から明るさが失われることはない。このように、女主人公が孤児で温かい家庭を知らない『ジェイン・エア』とでは、物語の設定が大きく異なる。

一六歳のメグは美しく優しい娘だが、物質的な贅沢に憧れる。一五歳のジョセフィーヌは強い自我を持ち、女らしい作法を嫌って、男の子のような言動を好み、その名もジョーと名乗り、一家のなかで男役を演じている。一三歳のベスは、物静かで穏やかだが、内気で体の弱い少女。末っ子のエイミーは、見栄っ張りで、貴婦人のように気取る。

四姉妹のなかで次女ジョーだけが異色である。ほかの姉妹たちが、従来の小説にもしばしば見られる一般的なタイプの女性であるのに対して、ジョーには、〈脱シンデレラ〉の精神が漲《みなぎ》っているからである。「女なんて最悪。私は男みたいにやりたいことをして、働きたいのに。男に生まれなかったのが、悔しくてたまらない」（第一章）と彼女は言う。女としての制限された生き方に飽き足らず、ひとりの人間として自由に思いっきり生きたいと願うジョー。彼女のなかには、ジェイン・エアにつながる新しい女性像が見られるのではないだろうか。そこで、以下、ジョーを中心に物語を見ていくこととしたい。

かつては裕福であったマーチ家は、父マーチ氏が不運な友人の力になろうとして財産を失ったため、いまは貧しい暮らしをしている。少しでも家計を助けようと、年上の二人の娘たちは仕事を持つ。メグは金持ちのキング家で、小さな子どもたちの家庭教師をしているが、生徒の姉たちの贅沢な暮らしぶりが羨ましくてならない。一方ジョーは、足の悪い金持ちの老婦人、マーチ伯母の世話をしながら、話し相手をする仕事を引き受ける。こうして給金を得ながらも、ジョーは、マーチ伯母の屋敷の図書室を自由に使わせてもらい、好きなだけ本を読むことによって、貪欲に知的欲求を満たす。

ジョーは、何かすばらしいことをやりたいという夢を抱き、つねに活発に行動しながら、それが何であるかを模索していた。ジョーは、隣家のローレンス老人の孫息子ローリーとパーティーで出会ったあと、再会を求めて会いに行き、ローリーの親友になる。これをきっかけに、マーチ家とローレンス家との交際が始まり、両家の生活は活気を帯びてくる。

マーチ夫人は、信心深い賢い女性であるが、女性の生き方については、伝統的な考え方の持ち主である。彼女はメグとジョーに向かって、「立派な男性に愛され、妻として選ばれるのは、女にとって最高に幸せなことだから、娘たちがそういうすばらしい経験ができるようにと、私は心から願っている」と言う。これを聞いてメグは、貧しい家の娘は、結婚のチャンスになかなか恵まれないと言って溜息をつくが、ジョーは、「それなら、一生結婚なんかしなくたっていい」と、宣言する(第九章)。

戦地でマーチ氏の病気が悪化したという報が届き、マーチ夫人が夫を迎えに出かけることになる。ジョーは、旅費の足しになるようにと、自慢の豊かな髪の毛を切って売る。髪は古来、女性にとって美しさの一部とされる。だから、髪を切り落としたジョーの大胆な行為に、家族は驚き、ジョー本人さえも、その直後はみじめな気持ちになる(第一五章)。この出来事は、自分の目的を達成するためには、時として女としての幸せを捨てる決断に迫られることがあることを象徴していると同時に、ジョーの今後の生き方を予示しているとも言えるだろう。

情念の激しさ

気性の激しいジョーは、自分の短気が欠点であることを、自覚している。彼女は物語中で、しばしば怒りを爆発させる。怒りの激しさによって、時としてバランスを失うという特徴において、ジョーは従来の淑やかで心優しいヒロイン像とは異なり、ジェイン・エアと共通点がある。

物語中に、「ジョー、アポルオンに出会う」と題する章がある。同作は、ジョン・バニヤンの『天路歴程』(*The Pilgrim's Progress*, 1678)を下敷きにしていて、少女たちの成長の物語が重ね合わされている。アポルオンとは、『天路歴程』の主人公クリスチャンが旅の道中で出会って戦う悪魔である。

エイミーは、いっしょに劇場に連れていってほしいと姉たちに頼んだのに、置いてきぼりにされ、自分を冷たく無視したジョーに仕返しをしようと、ジョーが書いた小説のノートを燃やしてしまう。その結果、これまで書き溜めてきた原稿をなくしたジョーは激怒し、癇癪を起こしてエイミーを激しく揺さぶりながら、「死ぬまで許さない」と叫び、屋根裏部屋に駆けこもる。反省したエイミーが謝っても、ジョーの気はおさまらない。

翌日、ローリーといっしょにスケートに出かけたジョーは、エイミーが謝るためにあとから追って来るのを見ても、意地悪な気持ちを膨らませるばかりである。エイミーが氷の薄い危険な場所を滑っているのを知りながら、「放っておけばよい」という悪魔の囁きを、彼女は耳元に聞く。エイミーが悲鳴とともに氷の割れ目のなかに沈んでいく姿を見たとき、初めてジョーは恐怖で凍りつく。

ローリーの救助によってエイミーの命が助かったとき、ジョーは自分の罪を母に打ち明けて、次のように言う。

「私はかっとしたら、何をするかわからないの。残酷になって、誰彼かまわず傷つけて、楽しんでしまう。私はいつか恐ろしいことを仕出かして、人生を台無しにしてしまい、みんなに嫌われるようになるかもしれないわ」(第八章)

母は、この日のことを警告として、「心の奥底に潜む敵」を克服するようにと諭す。

ローリーの家庭教師ブルック氏がメグに思いを寄せ、プロポーズしようとしていることを知ったときも、ジョーは怒りを隠せず、母に向かってこう言う。「ブルックがメグを連れていってしまったら、家族に穴があいたみたいになって、私は胸がつぶされて、何もかも嫌になってしまう。ああ、どうして私たち、男の子に生まれなかったのだろう。そうしたら、何もこんなにややこしいことにならなかったのに」(第二〇章)と。求婚者に姉メグを取られたと、嫉妬交じりに嘆くジョーの姿からは、ローウッド学校教師時代のジェイン・エアが、崇拝していたテンプル先生が結婚して学校を去っていったとき、結婚相手ネイスミス氏に取られたと思って失恋に似た衝撃を味わった箇所を想起させるようでもある。

ベスが猩紅熱《しょうこうねつ》にかかり、生死の境をさまよったとき、ジョーは日夜病床に付き添い、この妹が、どんなに心優しい美徳の持ち主であるかを痛感する(ベスは続編で、この世を去り、ジョーは深い悲しみに沈むことになる)。このくだりでは、信心深い学友ヘレン・バーンズが病死したときのジェイン・エアの悲嘆を彷彿とさせる。

作家になる

第一二章で、イギリスからローリーの友達であるヴォーン家の少年少女たちがやって来たとき、ローリーはテントを張って楽しむ計画を立て、マーチ家の娘たちを誘う。ヴォーン家の娘が、メグが家庭教師をしていることを、イギリス人の社会通念から見下すと、ブルック氏はこう言ってかばう――「アメリカでは、若い女性も、自分たちの先祖と同様、独立の精神を愛していて、自立することによって、人からも高く評価され、尊敬されるのです」と。メグは、この言葉に励まされ、たとえ好きでない仕事であっても価値があるのなら、愚痴を言わずに励もうと思い返す。このように、贅沢な暮らしを夢見つつ、生活に迫られてやむなく家庭教師の仕事をしているメグをとおしても、女性が仕事をすることの意義が、この作品には書き込まれている。

作品のなかで、最も仕事に対して夢と野心を抱いているのが、ジョーである。物語中には、姉妹たちとローリーが、『天路歴程』の天上の都に思いを馳せ、互いにそれぞれの空想の城を思い浮かべながら語り合う場面がある。そこでジョーは、次のように語る。

「自分の城に入る前に、私は何かすばらしいことをやりたい。私が死んだあとも人から忘れられないような、何か大きなすごいことを。それが何かはまだわからないけれども、チャンスを待っているところ。いつかみんなをびっくりさせるから。本を書いて、お金持ちになって、有名になる。それが私には合っているから、私のいちばんの夢よ」(第一三章)

次章でジョーは、新聞社に原稿を持ち込み、小説が新聞に掲載される。新聞に印刷されたジョーの名前を見て、家族が興奮で沸き立つなか、ジョーは、今回は新聞に掲載されただけだが、いずれ原稿料が支払われる身分になれるだろうと、喜び勇む。「自立し、愛する人たちの称賛を得ることは、ジョーの心からの願いだったので、今回はその幸せな目標へ向かう第一歩のように思えた」(第一四章)のである。

続編の『若草物語』第二部(*Good Wives*, 1869／邦題『続若草物語』)では、その三年後のマーチ家についての物語が展開する。メグはブルック先生と結婚。ジョーは懸賞小説に当選して原稿料を稼げるようになり、ニューヨークの下宿に移って家庭教師と縫い物の仕事をしながら、小説の執筆に没頭する。エイミーは、ジョーに代わってマーチ伯母の世話役の仕事をしながら、絵画の勉強に励む。続編には、ベスが病死するという悲しい物語も織り込まれている。

ジョーは金儲けのために、読者が喜ぶ通俗的なスリラー小説を書くようになっていく。しかし、尊敬するドイツ人教師フリードリヒ・ベアが、同種の新聞掲載小説がいかに読者にとって有害な悪影響を与えるかと批判するのを聞いて、ジョーは彼の敬意を勝ち得るために、通俗小説を書くのをやめる。最後にジョーは、孤児のための学校を設立するという夢を持つベア氏と結婚して、ともに学校を経営し、教育に情熱を注ぐことへと方向転換する。

しかし、いったん小説の執筆を中断したものの、ジョーがよい本を書きたいという望みを抱き続けていたことが、後でわかる。ベスの死後元気を失ったジョーに、母は家族のために小説を書くようにと勧め、こうして書かれた日常のあるがままの物語が、雑誌に掲載され、評判になったのである。

さらなる続編、『若草物語』第三部（*Little Men*, 1871）では、ジョー夫妻が経営するベア学園（マーチ伯母に遺贈された土地に設立されたプラムフィールド学校）における生活が描かれ、生徒たちに重点が置かれた物語となる。

第四部（*Jo's Boys*, 1886）では、ローレンス老人の遺贈により、ベア学園は大学へと変わり、子どもたちが成長して大人となってそれぞれの道を歩み始めたあと、一段落ついたジョーは、物語をふたたび書き始め、小説家として大成功をおさめる。物語の中心は、姉妹たちの子どもの世代へ推移しているが、彼らを見守る「ジョー夫人」が、最後に職業作家としての喜びと苦労をかみしめているところで、マーチ姉妹たちの物語は終幕に至るのである。

続編を読んだ多くの読者は、なぜジョーとローリーが結婚しなかったのかということに、意外さを感じる。ローリーが四姉妹のうち誰かと結婚するならば、その相手は彼の無二の親友であるジョーであろうと、多くの読者は期待するからだ。しかし、物語はそういうふうには展開しない。ジョーはローリーから距離を置き、彼からの求婚を断る。傷心のローリーは、伯母に同伴して旅行していたエイミーとヨーロッパで再会し、彼女と親しくなって結婚する。他方ジョーは、同じ下宿に住む年上のドイツ人教師ベア氏と結婚することになるのである。作者自身は、自分の心中を次のように友人に宛てた手紙で明かしている。

出版社は作者の望みどおりに物語を終わらせてくれず、誰も彼も結婚させたがるので、私は悩まされています。「ジョー」は作家として独身のままでいるべきだったのに、多くの熱烈な女性読者たちが彼女をローリーか、または誰かと結婚させてほしいと、うるさく手紙でせっついてくるので、敢えて逆らうこともできず、天邪鬼な気持ちから、ジョーには面白い結婚をさせることにしたのです。（一八六九年三月二〇日のエリザベス・ポウェル宛ての手紙〔Myerson, *The Selected Letters*, p. 125〕）

これによれば、作者の意図は、女主人公の生き方の力点を結婚よりも仕事に置くことにあったようだ。オルコットは、ローリーとジョーとの強い絆を、あくまでも少年同士の友情のようなものにとどめておきたかったのだろう。ローリーは金持ちでハンサムな魅力的な青年であるため、彼との結婚によってジョーを〈シンデレラ〉のイメージに変えてしまうことを、作者は避けたかったのではないか。作者が「面白い結婚」の相手として選んだのは、父親ほど年が離れた貧しい無骨な変わり者の外国人教師である。女主人公がよい仕事を続けていくためのよきアドバイザー、パートナーとして、恋愛よりも尊敬の対象となる男性——言い換えれば、〈王子〉のイメージからできるだけ遠い人物——を夫として設定することにしたのではないだろうか。

メグは結婚して家庭の妻、母となることに幸せを見出し、画家志望だったエイミーも、夢を断念して主婦となる妥協の道を選ぶ。ジョーだけが、結婚と自立の両方を獲得し、ライフワークを貫くことに成功したのである。

3　逆境を乗り越える
——ジーン・ストラットン・ポーター『リンバロストの乙女』

母の仕打ち

ジーン・ストラットン・ポーターの『リンバロストの乙女』の冒頭部で、女主人公エルノラは高校に入学する。エルノラの母コムストック夫人は、リンバロストの森林の所有者であるが、未亡人で男手がないため、材木を伐採したり開墾したりすることによって金を得ようとはせず、税金の支払いに追われている。彼女は娘に教育を与えることに反対で、農地で労働させようとする。作品冒頭で、母の反対を押し切ってオナバシャの高校へと向かう道すがら、エルノラが、自分の行く手に待ち受けている困難に怯《ひる》みつつ思案する箇所は、次のように描かれている。

背後には、自分をまったく愛してくれない母の子として、骨折り仕事に明け暮れるために生まれてきた土地があった。目の前には、そこから逃げ出す方法を見つける学校と、自分が求めているものへと達する道がある町が広がっていた。……もとに引き返したら、一生こんな服を着て無知のまま暮らすのかと思うと、エルノラは歯を食いしばってオナバシャへの道を急いだ。(第一章)

その日エルノラは、無様《ぶざま》な身なりで学校に行って、生徒たちの笑い物になり、教科書代と授業料が必要だということを初めて知ってショックを受けて帰宅するが、母はあくまでも金銭的援助をしようとしない。このように、孤児同然の身である点において、エルノラはジェイン・エアと似た立場に置かれている。

翌日エルノラは町で広告を見つけて、森林地帯で入手した蝶や蛾、先住民の道具などが、収集家たちに売れるという情報を得る。「バード・ウーマン」と名乗る広告主と知り合ったエルノラは、以後、バード・ウーマンに蛾の標本や道具を売って、学費を稼ぐようになる。エルノラは、勉学に励んで優秀な成績をおさめ、大学進学を目指す。このように、自分の意志力と学力によって道を切り開こうとする点でも、エルノラはジェイン・エアと共通している。

エルノラは、あるきっかけから、亡き父の形見であるヴァイオリンを入手したのち、母に隠れて学校で練習を続ける。間もなく音楽的才能を発揮したエルノラは、学校のオーケストラの演奏にも加わるようになり、指揮者の指導を受けて、ヴァイオリンの腕を磨く。

ある日、エルノラがホールで聴衆を前にヴァイオリンを演奏していたとき、その姿を一目見たコムストック夫人は卒倒する。夫人はかつて、ヴァイオリンの名手であった夫ロバートが沼で溺れていたとき、エルノラを身ごもっていたために助けることができなかったというトラウマを抱えながら生きていたのだ。彼女は夫を失った悲しみのはけ口を、ひたすら娘への恨みに集中させてきたのだった。

母による仕打ちは、エルノラの卒業式のときにも歪《いびつ》な形で表れる。エルノラが卒業生の総代としてスピーチするさいに着る衣装を仕立てると約束しておきながら、コムストック夫人はわざと準備をせず、娘をみじめな思いへと追い込んだのである。このときには、バード・ウーマンが、持ち合わせていた衣装に手を加えて用立ててくれたために、エルノラは難を逃れる。

しかし、エルノラの我慢が限界に達するときが来る。大学に入学するための資金源として当てにしていた「黄色の帝王蛾」を、コムストック夫人が害虫と見なして打ち殺そうとしたとき、エルノラは母の腕にすがり、やめてほしいと懇願する。しかし、怒ったコムストック夫人は、娘の頬を打ち、蛾を踏み潰《つぶ》してしまう。大切なコレクションを台無しにされたエルノラは、次のように、これまで抑えていた本心を吐き出す。

「蛾のおかげでこれまで四年間、本代や授業料を払って、服を買うことができたのよ。大学にも入学できそうだったのに。私に必要な最後のものを、お母さんは潰してしまったのね。お母さんはこれまで一度も、私を愛するふりさえしたことがなかったわ。今度こそ、私も本当のことを言うわ。あなたが大嫌い！　あなたは自分本位な悪い人よ！　大嫌いだわ！」(第一二章)

「あなたが大嫌い」(I hate you)という言葉。これは、少女時代のジェイン・エアが、自分の母親代わりである伯母リード夫人と初めて対決したときに、必死で叫んだ言葉(I dislike you)を想起させる。もちろん、激情的なジェインと比べると、エルノラははるかに温厚なヒロインである。しかし、自分を不当な目に合わせた人間に対する忍耐が限界に達したとき、ついにエルノラのなかに潜んでいた反逆の精神が、顔を出したのである。

しかし、これに挫けず、エルノラは進学資金を貯めるために、オナバシャの教育委員会に志願して、小学校で博物学《ナチュラル・ヒストリー》の授業をする教師のポストを得る。このように、自分の能力を活かす仕事をとおして活路を開こうとする姿勢が、エルノラには一貫して見られる。この特性については、次項でも見ていこう。

自己達成と人間関係の形成

逆境にめげず懸命に生きていこうとするエルノラの周りには、自ずと味方につく人たちが現れる。これは、周囲を味方につけることが、エルノラの能力の一部であるとも言い換えられる。

まず、コムストック家の家庭の事情を昔からよく知っていて、エルノラの成長を幼いときから見守ってきた近所のウェスレイとマーガレットのシントン夫妻。彼らは、死んだ娘の代わりに、エルノラを我が子のように可愛がり、彼女が困っているときには、援助の手を差し伸べる。たとえば、入学式からの帰りに意気消沈しているエルノラの姿を見かけたウェスレイは、彼女が学校へ行くために必要な服や道具を買いに、妻とともに町へ出かける。エルノラは、シントン夫妻の厚意に感謝しつつも、金銭的負担をかけることを拒み、自分で稼いで品物の代金を返す。このようなエルノラの態度は、他人からの援助をただ待っているだけの〈シンデレラ〉的な受け身の姿勢とは一線を画している。

蛾の標本や先住民の道具を収集家たちに売る仕事をしているバード・ウーマン。彼女はエルノラの境遇を知って、「あなたがどんな人間になるかは、あなた次第。もしあなたが怠惰で、自分の運命に甘んじるなら、それだけの人生で終わるわ。もし進んで努力するなら、どこででも自分の好きな道で名を刻み、死後も世に名を残した人々の仲間入りができるのよ」(第三章)と励ます。

バード・ウーマンは、窮地に陥ったヒロインに救いの手を差し伸べてくれる、いわゆる「ゴッドマザー」的な存在である。ことに、エルノラの晴れ舞台の衣装をさっと用立ててくれる箇所は、まさにシンデレラの代母を思い起こさせる。しかし、バード・ウーマンの助けは、いずれは解けてしまう魔法によりドレスを用意して一時的に夢をかなえてくれるような類の救済とは、根本において異なる。バード・ウーマンは資金援助の手立てを与えはするが、あくまでも自分で働いて金を稼いで努力するようにと、ヒロインを励ます役割を果たすのである。

エルノラが、母の異常な態度について悩みを打ち明けると、バード・ウーマンは、「お母さんは正気をなくしているのではなく、心がささくれだっているのです」(第一一章)と言って慰める。この点でもバード・ウーマンは、ただ意地悪な母親から目を逸らさせるのではなく、人間を理解する精神の強さをエルノラに求めようとしていることがわかる。

エルノラが優秀な学力を発揮するようになると、最初は彼女の野暮ったい姿を笑い物にしていた学友たちも、次第に彼女の実力を認めるようになり、仲のよい友だちが増えていく。このように、エルノラは自己達成を目指しつつ、周囲の人々を味方に引きつけていくのだ。シンデレラの味方になるのは、フェアリー・ゴッドマザーと動物たちぐらいしかいない。孤立しているシンデレラに対して、エルノラは社会のなかで自分の居場所を獲得していくタイプのヒロインであると言えるだろう。

そして、見逃してはならないのは、エルノラがたんに他人から助けられるばかりではなく、困っている他人を自らも積極的に助けようとしていることだ。彼女は、通学中に繰り返し、浮浪児ビリーに自分の弁当を分けてやる。ビリーはのちに、シントン家の養子として引き取られ、エルノラを姉のように慕うようになる。

マーガレット・シントンは、コムストック夫人による娘への虐待がエスカレートしていくのを見かねて、ロバート・コムストックの死の真相についての秘密を、コムストック夫人に暴露する。ロバートは、妻を裏切って愛人に会いに行く途中、妻から自分の姿を隠そうとして沼のそばの道を選び、溺死したのだと。亡夫が愛する価値のない人間であったことを知ったコムストック夫人は、初めてこれまでの自分の愚かさに目覚め、娘に対する態度を改める。こうして、物語の後半では、母娘の愛情が復活するのである。

恋敵との対決

ある日エルノラは、森へ昆虫採集に出かけたとき、小川のほとりでひとりの青年フィリップ・アモンと出会う。フィリップは病気で入院し、回復後に、シカゴからオナバシャに住む伯父のもとにやって来て、森林地帯で療養していたのだった。エルノラは、彼と会話を交わすうちに親しくなり、ともに蛾の採集をして過ごしながら、友情を育む。フィリップはロチェスターよりも若々しく繊細なイメージであるものの、ある種の病を抱えている点や、女主人公と心を通わせながら癒されていくという点では、『ジェイン・エア』と共通する男性登場人物と言える。

フィリップには、エディス・カーという、幼いころから許嫁《いいなずけ》に定められた女性がいた。エルノラが、エディスはどのようなことに興味があるのかと尋ねると、フィリップは次のように答える。

「エディスはまず、周りの女性たちよりも、美しくて、よい服を着ていることに、誇りを持っているようです。彼女の興味は、美しい家を持つこと、社交の約束事、ちやほやされて、褒められて、社交界の花形として認められること。自分を楽しませてくれる新しいことを見つけて、いつもどこででも、自分の思いどおりにすることが、彼女は好きなんです」（第一四章）

これを聞いたエルノラは、自分の享楽のためだけに生きる人間の存在に対して驚きを隠せず、「私にとっては、自分の愛する人たちや、自分が助けることのできる人たちのために生きることから得られる喜びだけが、生きがいに感じられます」と、思わず言葉を発してしまう。

その後、フィリップはエルノラと別れ、シカゴに帰る。フィリップとエディスとの結婚の日が近づいたある日、パーティーが催される。会場で、「黄色の帝王蛾」が舞い飛ぶのを見かけたフィリップは、エルノラの最後のコレクションを捕まえようと、座を外す。婚約者のこの行動のせいで、ダンスの途中待たされることになったエディスは、癇癪を起こした衝動で、「ほかの娘を喜ばせるために、私は待たされたりするものですか！」（第一九章）と言って、婚約指輪を指から抜き取って投げ落とす。この傲慢な行為を目にしたとき、ついにフィリップのエディスに対する愛は消える。エディスを幸せにすることを自分の使命として受け入れてきたフィリップにとって、この出来事は不自由な縛りから「解放」されることを意味した。この機会にフィリップは、自分が真に愛する女性と結婚することを決断し、リンバロストを訪れて、エルノラに求婚する。

その後エディスは、一時の感情で婚約破棄を口走ったことを後悔して、フィリップの愛を取り戻そうと、跡を追ってリンバロストへやって来る。エルノラに会ったエディスは、フィリップをほかの女性には渡さないと宣言し、侮辱の言葉を浴びせるが、エルノラは毅然とした態度で応じる。エディスとフィリップにやり直す機会を与えようと、エルノラはリンバロストを去り、知り合い〔前作『そばかす』の登場人物であるそばかすとエンゼルの夫妻〕のもとに身を隠す。しかし、エルノラの消息が不明になったあと、フィリップはふたたび重い病に倒れてしまう。

彼の愛を取り戻すことに失敗し、敗北を認めたエディスは、長らく自分に対して想いを寄せてくれていた男性ヘンダソンとともに生きていくことを決意する。波止場でエルノラの姿を見かけたエディスは、エルノラの居場所を瀕死のフィリップに知らせることによって改心を示し、彼を病から救う。こうして、結末で、エルノラとフィリップは結婚するに至る。

金持ちの美貌の女性エディスがエルノラの恋敵になるというエピソードは、ロチェスターの許嫁とされるミス・イングラムがソーンフィールド屋敷の客として訪れ、家庭教師ジェインを苦しめる挿話と類似性がある。自分の恋敵である女性を見下し、自らは意中の男性の愛を失い、敗北するという点で、ミス・イングラムとエディスは重なり合う。エルノラは、恋敵と同じ土俵に立って恋人を取り合うようなことをせず、相手の男性自身の決断に任せる。そのためには、身を引くことも辞さない強さを持ち、恋敵と静かに戦う。それがジェインからエルノラへと引き継がれる新しいヒロインの特性であると言えるだろう。

しかし、何よりも『ジェイン・エア』と『リンバロストの乙女』とを緊密に結びつけているのは、不遇な少女時代を過ごした女主人公が、勉学に励むという手段によって、自らの道を切り開いていき、愛する男性と出会って、障害を乗り越えたのちに、彼と結ばれるという形のストーリーが展開していく、その奔流のごとき勢いにあると言えるだろう。

4 自立への道——ジーン・ウェブスター『あしながおじさん』

孤児であること

ウェブスターの『あしながおじさん』は、女主人公ジュディ・アボットから「あしながおじさん」に宛てて書かれた手紙という形の小説である。したがって、女主人公が語り手の役割を果たす一人称小説である点で、『ジェイン・エア』と形式上の同質性がある。そして、女主人公が作家を目指すという点では『若草物語』のジョーと共通し、自叙伝を書くジェイン・エアにもつながっている。しかし、なんといっても『ジェイン・エア』との最大の共通点は、女主人公が孤児であることだ。

生まれたときからジョン・グリア孤児院で育ったジュディは、成績優秀のため、一四歳から孤児院の仕事をしながら高校に行き、一六歳で卒業したのちは、彼女の作文を読んで評価したある評議員の申し出により、大学へ行く費用を出してもらうことになる。文学的才能を育むために、月に一度、「ジョン・スミス」という匿名の名前宛ての手紙を書くことが条件だったが、ジュディは一瞬目にした評議員の姿から、背の高い人という印象を受け取ったことにより、「あしながおじさん」と名づけて、手紙をしたためるという設定である。

ジェイン・エアにはなくジュディにあるのは、ユーモアに富んだ明るい性質だ。そんなジュディが綴ったユーモラスな手紙の文面からさえも、彼女が孤児院でいかに辛い体験をしたかということは、端々から滲み出てくる。そもそも彼女の本名「ジェルーシャ・アボット」は、孤児院のリペット院長が、電話帳の最初のページから「アボット」を、墓に刻まれていた名前から「ジェルーシャ」を取ってきてつけたものだったが、ジェルーシャはこの陰気な名をひどく嫌い、幼い孤児仲間が舌足らずに呼んだ「ジュディ」を自称するようになったのだ。名前をつけてくれる親さえなく、出自が不明であるジュディは、自身のアイデンティティに関する根源的な不安を抱えている。「自分が何者かわからないのは、とても奇妙な感じです。わくわくもするし、空想も掻《か》き立てられます。あらゆる可能性がありますから」(Webster, pp. 58–59)と綴《つづ》るジュディは、持ち前のたくましい筆致のなかにも不安をのぞかせている。

ジュディが『ジェイン・エア』を読んだ感想を述べる箇所については、先にも挙げた。ジュディ自身、「リペット院長を知っているので、私にはブロックルハースト氏がどんな人かがわかる」と、ジェインに感情移入するばかりではない。「暮らしがまったく単調でなんの変化もなく、楽しいことが何もなかったこと」「子どもたちに想像力がほんの僅《わず》かでも表れると、即座に踏み潰されたこと」(p. 70)などに、ジュディは小説中のローウッド学校と、自分のいるジョン・グリア孤児院との決定的な共通点を見出すのである。

ジュディは、孤児院とその象徴であるリペット院長から逃げ出せたという実感を、次のように表している。

ジョン・グリア孤児院の外に出られたと思うと、いつもぞくぞくするような喜びが背中を走ります。速く走って逃げ続けなければ。肩越しに振り返りつつ、リペット院長が私をつかまえようと腕を伸ばし、連れ戻すために追いかけてこないか確かめなければならない、というように感じます。(p. 43)

誰にも孤児院出身だということを知られず、自分が大学にいられるという安堵と喜びを、彼女は何度も噛みしめる。「あの恐ろしい孤児院が私の子ども時代にのしかかっているということが、ほかの女の子たちと私の大きな違いなのです。そのことに背を向けて記憶を遮断すれば、私もほかの子と同じように、魅力的になれると思います」(pp. 19–20)、「私の子ども時代は、うっとうしく延々と続く不快感の連続でしたから、いまは毎日の一瞬一瞬が幸せで、本当だとは信じられないくらいです。まるでお伽噺の女主人公になったような感じです」(p. 68) というように、ジュディは自分の過去にまつわるトラウマを振り切って、新しい世界へ突き進もうと、前向きな態度へと切り替えている。

孤児院での悲惨な思い出は、そこから救い出してくれたあしながおじさんに対する感謝へとつながる。ジュディは、その思いを最初の手紙で素直に表す。「長い間ずっと孤児だったのに、こうして私に関心を示してくださる方がいると思うと、まるで家族のようなものを見つけた気がします。いまは誰かとつながっているような感じで、とても快い気分です」(p. 13)と。これは、ジェインが家庭教師の勤め先であるソーンフィールドで温かく迎え入れられ、雇い主ロチェスターとの間に、真に心を通わせることのできる友人のような関係を見出すようになったときの満ち足りた思いに似ている。

あしながおじさんへの第二の手紙では、ジュディは大学が大好きで、幸せいっぱいだという感謝に溢れた報告とともに、自分の部屋を持つことの喜びをも表明している。「一八年間、二〇人の子どもたちとひとつの部屋で暮らしてきたので、ひとりになれると心が落ち着きます」(p. 15)というジュディの言葉からは、「自分自身の部屋」(ヴァージニア・ウルフの女性論の題名、*A Room of One's Own* (1929))を持つことが、自由な意志を持った独立した人間として生きるための基本であることを示していると言えるだろう。

居場所の獲得

居場所を獲得するとは、たんに受け身の行為ではない。それは、自分もまた、他人にとってなくてはならない存在になることを意味する。つまりジュディは、慈悲によって施しを受ける身から、他人の心に愛情を掻き立て、必要とされる人間へと成長していく。それが、彼女に真の居場所を獲得させたのである。ジュディがあしながおじさんから与えられた幸せについて、感謝をこめて報告するうちに、あしながおじさんにとっても、次第にジュディがなくてはならない存在になっていく。そのような手紙の読み手側の「語られざる」心理過程も、作品からは立ち上ってくるのである。

実は、あしながおじさんの正体は、ジュディの学友のひとりであるジュリアの叔父、ジャービス・ペンドルトンである。しかし、結末になって初めて真相が明らかになるまで、ジュディはそのことを知らない。したがってこの作品は、「あしながおじさんは何者か？」というミステリーを、読者がジュディの手紙を読みながら解いていくという仕掛けになっているとも言える。

ジュディが大学に入学して数か月たったとき、ジャービスは、姪ジュリアに会うという名目で、大学にやって来る。ジュディは「ジャービスさんとすてきな時間を過ごしました」と、（実はジャービス本人である）あしながおじさんに報告する。ジャービスに会って、「二〇年前のおじさまはこんな感じだったのではないかと思いました」というジュディの直感は、なかなか鋭い。実はあしながおじさんは、ジュディが思い込んでいるような高齢の紳士ではなくて、若い青年であることが後に明らかになるからだ。ジャービスの「背が高く痩せている」という身体的特徴、そして、はっきり表情を出さない「とても不思議な、押し隠したような笑い方」といった思わせぶりな様子から、勘のいい読者は、ジャービスなる人物を怪しみ始める。そもそもジュリアを赤ん坊のときからあまり気に入っていなかったというジャービスが、なぜか姪にわざわざ会いに来て、その友達ジュディといっしょに歩いたりお茶を飲んだりしながら話し、結局は当の姪にはろくに会わずに帰っていったという辺りも怪しい。

そのあとジャービスからチョコレートの贈り物を受け取ったジュディは、「自分が捨て子ではなく、若い女性のような気がしてきました」と告白し、女性としての意識の目覚めを示している(以上、pp. 40–42)。

ジュディには、大学の夏季休暇に戻る実家がない。リペット院長が、食費代を働いて出すなら、孤児院に置いてやるという手紙を寄こしてきたとき、ジュディは、「ジョン・グリア孤児院へ戻るくらいなら、死んだほうがましです」(p. 38)と嫌悪感を露にしつつ、あしながおじさんに報告する。その結果、あしながおじさんの計らいにより、ジュディは夏休みをロック・ウィロー農場で過ごせることになる。この農場が、ジャービスが少年時代に過ごした場所であることを発見したジュディは、不思議な「偶然の一致」だと思う。しかし、そのあとしばしば、ジュディが農場でジャービスと会い、親しくなっていくことから、私たちは〈あしながおじさん／ジャービス〉の思惑を推測することになる。

そして読者は、次第にジュディに恋するようになっていくジャービスの心理にも気づき始める。それは、たとえば次のような箇所においてである。ジュディはクリスマス休暇にサリーの実家マクブライド家に滞在し、そのことをあしながおじさんに報告する。手紙には、サリーの兄である、ハンサムな大学生ジミーが登場し、ジュディがダンス・パーティーで彼と踊ったりするうちに、親しくなっていく様子が描かれる。すると、この手紙を送った直後に、ジャービスがプレゼントを持って大学を訪ねて来るのだ。ここには、ジミーへの嫉妬に煽《あお》られて、ジュディへの思いを募らせるジャービスの心理が垣間見られる。

サリーから保養地で夏を過ごそうと誘われたこと、ジミーが大学の友人を招くのでダンスの相手がたくさんいて楽しみだ、といったことをジュディが手紙で書き送ると、あしながおじさんは強硬な態度に出始める。秘書をとおして、「マクブライド家の招待を断って、ロック・ウィローの農場で過ごすように」と、ジュディに知らせてきたのである。この辺りでは、ジュディを若い男性たちから遠ざけたがっている、あしながおじさんの焦りが見えてくる。真相を知らないジュディは、あしながおじさんへの反発と感謝とのジレンマに苦しみつつ、小説を書くことに専念する。

一方、ジュディは、農場にやって来て滞在するジャービスと、いっそう親しくなっていく。たとえば、「ジャービスさんは本当に飾り気がなく、気取りのない優しい方です」(p. 82)とジュディが褒めるとき、手紙の読み手であるジャービス本人が喜んでいるであろうことを、読者は想像する――そういうユーモアの効果が、この作品にはあちこちに仕掛けられているのだ。

また、ジュディが意図せずして真相に近いことを述べる箇所では、独特のスリルも生じる。たとえば、「ジャービスさんに、ニューヨークであしながおじさんに会ったことがあるかどうかを尋ねてみたかったけれども、おじさんの名前を知らないので尋ねられませんでした」と、ジュディが手紙に書く箇所。「お二人とも同じ上流の社交サークルに属しておられるだろうし、どちらも改革などにご関心があるので、きっとお二人は知り合いでしょうね」(p. 87)という言葉は、両者が同一人物であることに勘づいている読者には、かなりきわどい発言に感じられる。

〈あしながおじさん/ジャービス〉は、手紙で正直な報告をしてくるジュディの心の内を覗き見ることのできる特権的立場を利用して、彼女の心を操縦しているようにも見える。たとえば、ジュディがシェイクスピアの『ハムレット』(*Hamlet*, 1600-01)を読んで夢中になったと、〈あしながおじさん〉宛てに手紙で書くと、間もなく〈ジャービス〉からニューヨークに招待されて、『ハムレット』を観劇するという運びになり、ジュディが感激する――といったような調子である。しかし、無意識のうちに彼もまた、恋の虜として彼女にからめ取られていっているとも言えるだろう。

女性が仕事に生きがいを見出す物語

〈あしながおじさん／ジャービス〉は、たんにジュディを愛するようになるだけではなく、彼女の才能を育てようとするよきメンター、パートナーでもある。

ジュディは二年生のとき、『マンスリー』誌が主催する短編小説コンテストで優勝し、その喜びと興奮を伝える手紙で、「もしかしたら私はいつか作家になれるかもしれません」(p. 63)と、将来の夢を語る。以後彼女は、着々と夢に向かって前進していくのである。

雑誌に投稿した短編小説がジュディに送り返されてくると、農場に滞在していたジャービスは、それを読んで酷評する。そのことをジュディがあしながおじさんに報告しているくだりを見てみよう。

ジャービスさんは、これらの作品がひどい出来だと言いました。自分の書いている題材について、私がまったくわかっていないことが、読めばわかる、と(ジャービスさんは、真実を言うためには、礼儀を介そうとはしない人です)。しかし、大学を舞台にスケッチ風に描いた最後の作品だけは、悪くないと言いました。ジャービスさんがそれをタイプライターで清書し、私はそれを雑誌に投稿しました。(p. 88)

〈あしながおじさん/ジャービス〉は、ふだんジュディが自分に書き送ってくる「大学を舞台にしたスケッチ風」の手紙を個人的に好んでいるばかりではなく、そこに文学的真価があることを、批評家的な目でも見ていることがわかる。彼はジュディを作家として育てるために、適切なアドバイスを与えようとする態度に徹している。こうして出版社に送られた作品は、雑誌に掲載が決まり、ジュディは原稿料を獲得することになるのである。

他方ジュディは、あしながおじさんが通常の小遣い以外に小切手を送ってきたとき、「私は必要以上の施しは受け取れません」(pp. 66–67)と言って、送り返す。彼女には、あくまでも節度を保とうとする曲げがたい自立心があるのだ。

ジュディは奨学金を獲得したとき、今後は学費の援助は不要で、「毎月のお小遣いを支給していただくだけでじゅうぶんで、その分さえも小説の執筆や家庭教師をして稼げれば不要となります」(p. 89)と書き送る。すると、あしながおじさんの秘書が、奨学金を受け取らないように指示してくる。ここは、ジュディが恩恵を受け取ろうとせず、次第に自分から遠ざかっていくことに寂しさを覚えたあしながおじさんが、彼女をつなぎとめておきたいという本音を隠しきれなくなってきたさまが見えてくる箇所である。しかし、もはや金銭の力で、自立へと向かう女性を阻むことができないことは自明だ。なぜならジュディは〈シンデレラ〉的な立場から脱出しようとしているからである。

ここから、〈あしながおじさん〉と〈ジャービス〉がドッペルゲンガーのように連帯して活発な行動を開始し始める。〈ジャービス〉は、頻繁にジュディに会いに来たり、彼女に長い手紙を送ってきたりする。〈あしながおじさん〉はジュディに、「夏の間、ヨーロッパに行かせよう」と言うが、ジュディは、「家庭教師をして経済的自立に向かいたい」と言って断る。すると〈ジャービス〉が、ジュディにヨーロッパに行くことを勧め、「同じ時期にパリにいるから、いっしょに楽しもう」と誘う。誘惑に駆られつつも、ジュディは〈ジャービス〉の強引な指図に反発して断り、憤慨した彼と危うく喧嘩になる(pp. 105–106)。

サリーから、家族とキャンプに行こうという誘いの手紙がくると、ジュディは「ジャービスさんがロック・ウィローに来たとき、自分がいないようにしたい」と、〈あしながおじさん〉への手紙で、手の内を明かす(p. 107)。こうした一連の経緯からは、〈あしながおじさん／ジャービス〉の側の心の葛藤が浮かび上がってくる。それは、だんだん自立して自分の手から離れていく少女を、無理やり引き留めようとしてもどうしようもできないという、焦りと喪失感の入り交じった思いであろう。

シンデレラ物語から脱シンデレラ物語へ

復活祭の休みに、ジュディは農場でジャービスとともに過ごしながら、本の執筆に励む。彼女は小説の書き方の秘訣、つまり、ジャービスや編集者の言うとおり、「自分の知っていることを書くのが、最も説得力がある」ということを会得し、ロマン主義をやめてリアリズムへ向かうことを決意する。「この新しい作品を完成させて、出版へと漕ぎ着きますので、見ていてくださいね」(p. 120)と自信に満ちた宣言をし、大きな成長を示す。

卒業後、ジュディはあしながおじさんに、ジャービスへの愛を打ち明け、相談する。ジャービスから結婚を申し込まれたが、断ったこと。ジャービスは、ジュディがジミーと結婚したいのだろうと思ったまま帰って行ったこと。ジュディは、求婚を断った理由を、次のように説明する。

ジャービスさんが将来、私と結婚したことを後悔するようになるのではないかと思うと、耐えられないのです！　私のように怪しい経歴の者が、ジャービスさんのような立派な家柄の人と結婚するのは、正しくないように思います。ジャービスさんに孤児院の話をしたことはありませんし、自分がどこの誰ともわからないような人間だなんて、言いたくもありません。(p. 127)

ジュディは、立場の差に構わず玉の輿に乗る〈シンデレラ〉を演じることを、拒んでいるのだ。そして、作家になって収入を得るようになったいま、「借金から解放されたように感じている」こと、結婚しても作家業を続ける意思を示すなど、〈反シンデレラ的〉特性を露にしている。

ジュディから〈あしながおじさん〉への報告によれば、〈ジャービス〉は二か月前に去ってから、ひと言も便りがなく、肺炎で寝込んでいるとのことだった。そして、ついに〈あしながおじさん〉との対面がかなない、ジュディはおじさんの正体を発見し、〈あしながおじさん＝ジャービス〉に向かって、ラブレターを書き、二人がもうすぐ結婚することを告げて作品は結ばれる。

無一文の孤児が金持ちの男性との結婚に至るという点で、この作品は、一見シンデレラ・ストーリーの外形をなしている。しかし、以上見てきたとおり、内なる物語は、作家になる道を目指す女性が、その目的を果たすために支えてくれるよきパートナーを見出すというストーリーでもあるのだ。

ウェブスターが続編として書いた『続あしながおじさん』は、ジュディの親友サリーが、ジュディとジャービスの夫妻から孤児院経営を託され、その体験をジュディや、婚約者である政治家ゴードン、孤児院の同僚である校医マクレイに宛てて手紙の形式で綴った書簡体小説である。サリーは、自分に従順に尽くす妻であることだけを求めるゴードンに対して、次第に息苦しさを覚え、そのような結婚に未来がないことを悟って、最後に彼と婚約解消する。

サリーは、家庭と仕事の両方に生きがいを求め、その両方をともにしてくれるパートナーとして、マクレイ医師との結婚を選ぶのだ。サリーはマクレイ医師と、最初は敵同士のようなぎすぎすした関係であったが――同書の原題「ディア・エネミー」は、サリーが彼に手紙を書くときの宛名である――仕事を通じて、彼のなかに真の人間性を発見していくのである。

この続編は、女性が仕事に生きがいを見出す物語であると同時に、真のパートナーが誰であるかを発見する物語でもある。つまり、『あしながおじさん』の〈脱シンデレラ的〉性質を、より明確にした物語なのである。

以上見てきたとおり、ウェブスターの『あしながおじさん』とその続編は、〈シンデレラ〉を脱することによって、〈母ジェイン・エア〉へと大きく一歩近づいた、たくましい〈娘〉の明るい物語であると言えるだろう。

＊

アメリカの女性たちのなかでは、その後も『ジェイン・エア』の精神がしっかりと根づいていった。たとえば、一九七三年、アメリカの女性詩人でフェミニスト批評家でもあるアドリエンヌ・リッチも、『ジェイン・エア』は自分に「栄養」を与えてくれた、「特別な力と、生き延びるための価値」(Rich, p. 89)を持つ作品だと述べている。

第３章

カナダで誕生した不滅の少女小説

――ルーシー・モード・モンゴメリ『赤毛のアン』

ルーシー・モード・モンゴメリ

1　自分らしさと強さの肯定——『ジェイン・エア』からの飛躍

モンゴメリの人生とその時代

〈ジェイン・エアの娘たち〉が生まれ育った新大陸の地は、アメリカ一国にとどまらない。同じ英語圏の隣国カナダでも、〈母〉から大きく変容し、強烈な個性を発揮することになる有名な〈娘〉が誕生したのである。

カナダでの植民地建設は、一六世紀ごろからフランスによって、そして一七世紀には引き続きイギリスによって、進められていった。当時ヨーロッパでイギリスとフランスが対立していたことから、カナダにおいても両国の抗争が激化し、一七六三年のパリ条約により、フランスのカナダ植民地がイギリスに割譲されたのちは、イギリスの植民地となった。その後アメリカで南北戦争が勃発すると、カナダの諸植民地が分散状態のままではアメリカに併合されてしまう危険があったため、一八六四年、イギリスの四植民地が連邦を結成してカナダとなり、一八六七年、イギリス連邦カナダ自治領となった。

ルーシー・モード・モンゴメリ(一八七四―一九四二)の生地であるプリンス・エドワード島も、一八七三年に七番目の州として、連邦に加入した。その翌年に生まれたルーシーは、まさにカナダが自国のアイデンティティを形成しつつあった時代に育ったのである。その後、カナダが独立を果たすのは、一九三一年、主権国家としてイギリス連邦を構成することが法制化されるまで待たねばならなかった。したがって『赤毛のアン』(*Anne of Green Gables*, 1908)は、カナダが自立への道を歩もうとする気運が高まりつつあった時代に書かれた作品だと言えるだろう。

モンゴメリは、スコットランドからカナダにやって来た先祖――父方がモンゴメリ家、母方がマクニル家――の五代目にあたる子孫である。生後二〇か月で母を亡くしたモンゴメリは、キャヴェンディシュの母方の祖父母の家で育った。一六歳のとき、カナダ西部のプリンス・アルバートへ行き、再婚した父のもとで暮らすが、継母との折り合いが悪く、一年後にはキャヴェンディシュに戻る。

幼いころから読書をとおして文学の世界に足を踏み入れていたモンゴメリは、いつからか自分の作品を書き始めるようになっていた。「文章を書いていなかったときのことを思い出すことができない。覚えているのは、いつも作家になろうと思っていたということ。書くことが私の目的の中心で、そこへ向かって人生のすべての努力と希望、野望が集中していた」(Montgomery,

The Alpine Path, p. 50）と、のちにモンゴメリは自叙伝で振り返って語っている。

シャーロットタウンのプリンス・オブ・ウェールズ・カレッジに入学して教員免許を取得したモンゴメリは、さらにダルハウジー大学で英文学を学んだあと、ベルモントの学校で教師となる。しかし、祖父の死の知らせを受けたことを機に、教師を辞めてキャヴェンディシュに戻る。一時、ハリファックスの新聞社に記者として勤務したこともあったが、祖母の世話をするために辞職し、以後、本格的に文筆活動に励むようになった。『赤毛のアン』を書き上げたモンゴメリは、原稿を出版社に送るが、最初の四社では不採用となり、年を改めて送った別の出版社で、一九〇八年に出版される運びとなり、大成功をおさめたのである。

モンゴメリは、祖母の死をきっかけに、それまで長らく婚約していた牧師ユーアン・マクドナルドと結婚し、夫の赴任地であるオンタリオ州の牧師館へ転居した。その後も作家活動を続けて、『赤毛のアン』の続編のシリーズをはじめ、個性的な女主人公の活躍する作品群によって、多くの読者を獲得した。六一歳のとき、退職した夫とともにトロントの邸宅に移り住む。

モンゴメリの活躍は華々しく、同じく六一歳のときには、大英帝国勲位を授与されるというような栄誉も勝ち得ている。表面上は大成功の人生だったが、その内実は決して平坦なものではなかったようだ。晩年は、夫の鬱病《うつびょう》のために心労を重ね、第二次世界大戦の勃発による不安なども加わって、自らも鬱状態に苦しみつつ健康が悪化していき、一九四二年、六七歳の生涯を終えた。

しかし、モンゴメリの書いた『赤毛のアン』の生き生きとした世界の魅力は不滅である。この作品は、一般に少女小説という枠組みで捉えられているが、老若男女を問わず多くの読者層の心を捉え、いまも世界的に特別な位置を獲得し続けている。ことに日本は、『赤毛のアン』の愛読者が多い国のひとつである。一八五二年、村岡花子による初訳が出て以来普及し、現在も、数多くの翻訳者による版が出ている。

モンゴメリにとってのシャーロット・ブロンテ

モンゴメリは、エリザベス・ギャスケルによる『シャーロット・ブロンテ伝』(*The Life of Charlotte Brontë*, 1857)を繰り返し読み、作家シャーロットの実人生から、影響を受けたようである。『赤毛のアン』の出版によりすでに有名作家になっていた一九一一年一月二二日付けの日記で、モンゴメリは、シャーロットのことを「その人生の外面がかくも厳しく苦しく、悲劇的だった天才女性」と呼び、「いつの日かハワースへ巡礼の旅に出て、シャーロットが住んで驚くべき作品を書いた古い家を見てみたいと心から願っている」(Rubio, Vol. 2, p. 36)と記している。

ハワースへの旅を「巡礼」(pilgrimage)と名づけるのは、シャーロット・ブロンテへ回帰することが、自分の作家としての原点であることを示していると言えるだろう。

同年にユーアンと結婚し、スコットランド、イングランドへ新婚旅行に出かけたモンゴメリは、ハワースのブロンテ家の牧師館と墓を訪ねるという宿願を果たしている。「シャーロットが不思議な生活をし、称賛すべき本を書いた牧師館の中には入れなかったが、外からだけでも見応えがあった」(一九一一年八月二七日付け[Rubio, Vol. 2, p. 75])と、その興奮を日記に記している。

モンゴメリは、五〇歳ごろの日記に、「『ジェイン・エア』を最初に読んだときの印象をよく覚えている。その印象は、読み返すたびに確かなものとなり、深まっていく」(一九二四年一〇月二二日付け[Rubio, Vol. 3, p. 204])と述べていて、この作品を生涯、繰り返し読み続けたことを明らかにしている。

モンゴメリが、シャーロットを特に評価していた点は、「まがい物や感傷を見抜く彼女の目の鋭さ」である。また、シャーロットの人物造形については、「自分の知っている人々や環境を描き、解釈する才能としては驚くべきものだが、彼女の作品に登場する不思議な現実味のある人物は、生活から引き出されている」と指摘する。つまり、「ジェイン・エア」や「ルーシー・スノウ」(『ヴィレット』の女主人公)はシャーロット自身で、「シャーリー」(『シャーリー』

（Shirley, 1849）の女主人公〕は妹エミリー、「エマニュエル」〔『ヴィレット』の登場人物〕は彼女が恋したベルギーの教授というように、実人生から引き出した人物であるが、そのほかの登場人物はみな非現実的というわけで（以上、一九二五年九月二二日付け日記［Rubio, Vol. 3, pp. 250–251］）、強みと弱点とが表裏をなしていると、モンゴメリは見ていたようである。

さらにモンゴメリは、作家としてのシャーロットの限界について、先に挙げた一九二四年一〇月二二日付けの手紙のなかで、次のように手厳しいことも述べている。

通例、シャーロット・ブロンテが若くして死んだことが、残念がられる。私はそうは思わない。もっと長生きしていれば、文学的名声がさらに高まったかどうかは、疑わしい。彼女の才能は輝かしいものだが、幅が狭いので、すでに限界に達していたのではないかと思う。彼女には『ジェイン・エア』や『ヴィレット』のような作品を書き続けることはできず、それ以外のものを書くために相応しいものは、彼女の人生や経験には何もなかった。

とはいえ、モンゴメリは、シャーロット・ブロンテへの敬意と憧れを生涯失うことはなかった。晩年に、批評家クレメント・ショーターよるブロンテ姉妹に関する本を再読したさいにも、

「この不思議な女性たちの魅力は、私にとっては決して衰えることがない」(一九三七年八月一五日付け[Rubio, Vol. 5, p. 197])と日記に記している。

では、シャーロットとモンゴメリは似ていたかというと、そうではない。モンゴメリは、日記のなかで次のように本音を語っている。

「もしシャーロット・ブロンテと自分が知り合いになっていたら、お互いにどんな関係になっていたか? お互いに相手を好きになっていただろうか?」と、私は自問してみたことがある。答えは、否である。彼女には、まったくユーモアのセンスがない。私はユーモアのセンスのない女性に親しみを覚えることは決してできない。(一九二五年九月二二日付け[Rubio, Vol. 3, p. 250])

〈ジェイン・エアの娘〉であるアンが、深刻な母には似ず、ユーモアのセンスに溢れているのは、その作者たちの気質の相違を鑑みれば、当然とも言えそうだ。

「家なし」で「不美人」であること——トラウマとコンプレックス

『赤毛のアン』の冒頭は、マシューとマリラのカスバート兄妹が、孤児院から男の子を引き取ることにしたというところから始まる。マシューが駅に迎えに行ってみると、そこで待っていたのは、女の子だった。そのまま置き去りにするわけにもいかず、マシューはとりあえずアンを馬車に乗せて、家に帰る。

物心ついて以来、いままで一度も自分の家と呼べるものがなかったアンは、初めて我が家を得る喜びで満ち溢れ、馬車での道中、夢中になってしゃべり続ける。

「孤児院は最悪でした。私は四か月しかそこにいなかったけれども、それだけでもじゅうぶん。おじさんは、孤児になって施設に入ったことなんてないでしょうから、それがどんなものかわからないでしょうね。想像を絶するほど、ひどいのよ……孤児院には、想像力を働かせる余地なんて、全然ないの」(第二章)

開口一番に孤児院について話すアンの口調から、そこでの悲惨な体験が彼女のトラウマとなっていることが察知できる。プリンス・エドワード島の赤い道、並木道、池などを目にするたびに、アンはそれらのひとつひとつにロマンチックな自己流の名前をつけて呼び、歓喜に溢

11歳(アンが登場したときの年齢)のころのモンゴメリ

れる。

他方、アンがあるコンプレックスを抱えていることが、この道中の会話で、早くも明らかになる。真っ白な樹木を見て、ヴェールをかぶった花嫁を連想したアンは、「私は自分がいつか花嫁になれるとは思っていないの。私って不美人だから、誰も私なんかと結婚しようとは思わないでしょう。外国に行く宣教師だったら別でしょうけれどもね」と、思わず口にするのである。ここで言う「外国に行く宣教師」とは、ジェイン・エアに求婚したセント・ジョンのことを指しているらしい。つまり、ジェイン・エアは不美人ではあったけれども、宣教師の妻としてインドへ布教の旅に赴くという目的のために、牧師セント・ジョンから愛のない求婚をされたというわけだ。

このような表現がさっと出てくることからも、『ジェイン・エア』がアンの愛読書のなかの一冊であることが推測できる。したがって、アン自身が、不美人な孤児という共通点から、自分とジェイン・エアとを結びつけていることがわかる。ただし、これを聞いたマシューの反応はない。おそらく『ジェイン・エア』を読んでいないであろうマシューには、何のことなのかがわからないという状況設定が、ユーモラスである。

アンは、自分が赤毛であるゆえに完全には幸せにはなれない、とマシューに打ち明ける。自分のそばかすも、緑色の目も、痩せていることも、ほかのことは何とでも違ったように想像できるが、「この赤毛だけは、どうしてもそうではない、と想像できない」と嘆くのである。

グリーン・ゲイブルズを見たとたん、それが我が家だと言い当て、夢見心地だったアンだが、家に到着したとき、驚いた表情で出迎えたマリラの言葉を聞くうち、自分が女の子であるゆえに望まれてはいないということを悟って、落胆する。

翌日、マリラは、手違いの事情を告げるために、アンを連れてスペンサー夫人に会いに行く。馬車での道中、アンはマリラから尋ねられ、これまでの経歴を語る。彼女はいま一一歳になったところで、生まれたのはノヴァスコシア。両親はともに高校教師で貧しく、アンが生後三か月のときに母が、その四日後に父が、相次いで熱病で死んだ。そのあとアンは、掃除婦のトマス夫人に引き取られ、八歳になるまでトマス家の四人の小さな子どもたちの世話をしながら暮らした。トマス夫人の夫が事故死して、居場所がなくなると、今度は、製材所のハモンド氏の妻が引き取ってくれたので、アンは三組の双子の世話をしながら二年間暮らす。しかし、ハモンド氏が亡くなり、ついにアンはホープタウンの孤児院へ。四か月たったとき、スペンサー夫人がやって来て、アンをプリンス・エドワード島へ寄越したというのが、これまでの経緯だった。

この身の上話は、アンが孤児であるというトラウマを抱えていることを、鮮明に浮かび上がらせる。頑固なマリラですらも、これまでにアンが「いかにひもじく、愛されない生活を送り、働かされ、ネグレクトを受けてきたか」を察し、哀れみを感じずにはいられなかったほどだ。

この部分をたんなるプレリュードとしてではなく、物語の一部として読むと、『赤毛のアン』と『ジェイン・エア』との共通点がより明確になる。たしかに、『ジェイン・エア』は、冒頭から語り手ジェイン自身の回想から始まり、不幸な孤児としての幼少期の一場面が、鮮やかな印象を読者の脳裏に焼き付けるのに対し、『赤毛のアン』では、マリラとの会話中にアンが淡々と述べた身の上話にすぎないため、この部分は看過されやすい。しかし、ともに容赦ない不幸な出自に関するリアルな「自分語り」であるという点で、両作品の始まり方は共通しているのだ。

マリラがスペンサー夫人に会い、事情を説明すると、スペンサー夫人は、手伝いの女の子を探しているブルウェット夫人をその場で紹介する。噂どおり見るからに吝嗇《りんしょく》で怒りっぽい様子のブルウェット夫人の前で、青ざめたアンのみじめな表情を見て不憫《ふびん》に思ったマリラは、アンを引き取ることを決意する。

こうして、「家なし」というトラウマから辛くも救い出されたアンだったが、「不美人」であるというコンプレックスは根強く、新生活をスタートして早々に、それを爆発させる事件を引き起こす。訪ねて来た近所のレイチェル・リンド夫人が、アンを目にするや、痩せていて不器量で赤毛だと指摘すると、アンは癇癪を起こし、侮辱の言葉を突っ返す。威厳を傷つけられたリンド夫人が怒って帰ったあと、マリラは謝罪に行くようにとアンに命じるが、アンは拒絶する。ついに、マシューの助言に促され、アンがリンド夫人の前で謝罪の「芝居」をするという形で、この一件はなんとか落着したのだった。

アンは、「鏡を見るのは嫌い。そこに映っている不器量な自分を見ると、悲しくなる」(第一〇章)とマリラにも打ち明けているとおり、自分が不美人であることを自覚している。しかし、赤毛であることを他人から指摘されると、彼女は激怒し、恨みをしつこく忘れないという性格の一面を示す。これが原因で引き続き起こった事件は、後で取り上げるが、学校で赤毛をからかわれたことに発するギルバートとの対立であった。

孤児ジェイン・エアが、引き取ってくれた伯母リード夫人から、可愛気がないといって疎まれ、使用人たちからさえも、容貌が劣っていることを指摘されているのは、第1章で見たとおりである。自分が侮辱されることに対して、ジェインが怒りを示すことは、彼女自身、コンプレックスを持っていることの裏返しでもあり、負けず嫌いな激しい気性の持ち主であることをも示している。

孤児であるというトラウマを抱えていること、容貌に対するコンプレックス、知に走りがちなませた子ども、負けず嫌いの激しい気性——こうした共通点から、アンがまぎれもなく〈ジェイン・エアの娘〉であることが確認できる。

2 自力で居場所を獲得する物語

孤児に対する偏見を乗り越えて

物語に登場するアヴォンリーの人々は、概して善良な人々ではあるが、孤児に対して偏見を抱く者も少なくない。作品では、アンが引き起こすさまざまなトラブルの挿話が積み重ねられていく。ことに前半では、アンが何か問題を起こすたびに、孤児であるためではないかという疑念が、人々の心に生じがちである。

まずは、レイチェル・リンド夫人。最初にマリラから、男の子を孤児院からもらい受けるために、マシューが駅に迎えに行ったと聞いただけで、リンド夫人は、赤の他人を家庭に入れることがいかに危険であるかと諭し、世間で孤児が引き起こした放火、窃盗、毒殺といった凶悪事件を並べ立てる。手違いで女の子が寄越されたにもかかわらず、カスバート兄妹がその子を引き取ることに決めたという噂を聞きつけてやって来たリンド夫人は、先述のとおり、面と向かってアンの容貌をけなす。アンの癇癪に接し、リンド夫人は、それ見たことかと意気込んで、きっと今後面倒が起きるだろうとマリラに警告する。マリラがアンをかばうと、リンド夫人は「どこの馬の骨ともしれない孤児の繊細な心を最優先して、ものの言い方に気をつけろというわけね」(第九章)と立腹する。

身元の知れない孤児に対してリンド夫人が抱く偏見は、世間の風評を代表しているとも言えるだろう。しかし、彼女はたんに思ったことを率直に言うお節介な人間にすぎず、むしろ親切で、善良な女性である。アンが謝罪すると、リンド夫人は自分の側の非を認めて、それ以後は、友好的な態度に出る。三年後、すっかり落ち着いた娘に成長したアンを見ながら、リンド夫人は、マリラに向かって、「三年前にここに来て会った最初の日には、こんなによい子になろうとは思いもしなかった……アンの人柄を、私はすっかり見誤っていたわ」(第三〇章)と、述懐する。こうして、リンド夫人は自分の考えを改めたことを表明することになるのだ。

マリラがアンの教育に取り組み出して間もないころ、マリラの紫水晶のブローチがなくなるという事件が起きる。箪笥の上に置いたブローチを、最後に触ったのがアンだという証拠があったため、マリラはアンが盗んだにちがいないと思う。マリラは、あくまでも白状しようとしないアンを見て、「信用できない子どもを家の中におかなければならないなんて、恐ろしい責任を抱えることになる。これであの子がずるくて、嘘つきだということが、明らかになった」(第一四章)と結論づける。このように、マリラのなかにも、孤児に対する偏見が潜んでいたことがうかがわれる。

ついに白状したアンに、マリラが罰として、その日予定されていたピクニック行きを禁じると、アンは絶叫する。この反応を見たマリラは、「この子は、頭がおかしいんじゃないかしら。まともなら、こんな振る舞いはしないはず。頭がおかしいのでなければ、ずいぶん悪い子だ。ああ、初めからレイチェルの言うことが正しかったのかもしれない」と、後悔さえするのだ。

しかし、結局ブローチが出てきたとき、マリラは自分の思い違いを反省する。ピクニックに行きたいがために、アンが白状の内容をでっち上げて練習したという話を聞くと、マリラは思わず笑いそうになりながら、良心のうずきを感じるのだ。ピクニック行きの許可をもらったアンは、狂喜する。その日、マシューに一部始終を語ったマリラは、「あの子が住んでいる家では、退屈することがないのは確かね」と本心を漏らすのである。

アンがダイアナを客として招き、ラズベリーシロップだと思い込んで、ワインを飲ませてしまったとき、ダイアナの母バリー夫人は、アンがわざとダイアナを酩酊させたものと決めつけ、アンのような不良とは、以後自分の娘を付き合わせないと断言する。これは、バリー夫人が娘の友人としてのアンを信用せず、アンが孤児で育ちが悪いという偏見を抱いていたことを暴露している。

その後、政治集会で大人たちが留守をしていた夜、ダイアナの妹メアリ・アンが急病になる。ダイアナに助けを請われて駆けつけたアンは、以前の経験を活かして、メアリ・アンを介護する。そのあと、アンのおかげで娘の命が助かったことを知ったバリー夫人は、カスバート家を訪れ、ワイン事件でアンに悪意があったと決めつけたことを悔い、心から詫びるのである（第一八章）。

このように、ひとつひとつのトラブルが解決されることにより、アンに対する周囲の偏見は消えていく。アンは、赤毛であることに触れられると逆上するという一面もある一方、孤児という出自への偏見に対しては、運命として容認し、乗り越えていく。人々は、そうしたアンの素直さ、たくましさに心を動かされるようになるのである。

周囲の人々が変化していく物語

アヴォンリーにやって来る前のアンには、友人がいなかった。アンがマリラに話したところによれば、アンはそれまで、本棚のガラス扉に映った自分自身の姿を、別の少女だと想像してケイティー・モリスと名づけて友人になったり、谷間で聞いた木霊《こだま》にヴィオレッタという名前をつけて親しくなったりしたという。この挿話は、作者モンゴメリ自身の幼年時代の体験に基づくものである。母を亡くし、祖父母に引き取られて孤独な日々を過ごしていた幼いモンゴメリは、居間の書棚の両扉についた大きな楕円のガラスに映った自分の姿を別人に見立て、左側の「ケイティー・モリス」を自分と同年代の仲のよい少女、右側の「ルーシー・グレイ」を陰気な未亡人であると想像して、彼女たちと付き合っていたと、後に日記(一九〇五年三月二六日付け[Rubio, Vol. 1, p. 306])で振り返っている。

しかし、アヴォンリーに住むようになったアンは、先に見たとおり、次第に周囲の人々の信頼や共感を獲得していく。アンは、相手が自分に対して偏見を抱かないと察知するや、その相手を自分のほうへ引き込むすべを体得している。そして、自分を理解してくれ、通じ合うようになった相手のことを、「魂の同類」(kindred spirit)として位置づけていく。まずは、最初の馬車での道中で自分の話を熱心に聞いてくれたマシュー。「一目見た瞬間、この人は魂の同類だって思ったわ」(第四章)とアンはマリラに向かって語っている。

アンは、心の底の思いを打ち明けられる「腹心の友」(bosom friend)を持つことに憧れていた。アンは、近所に住む同じ年頃の少女ダイアナ・バリーに初めて会ったとき、早速、「腹心の友」になってほしいと請い、ダイアナとともに誓いの儀式を行う。以後ダイアナは、いかなるときもアンの味方となる心優しい女友達であり続ける。

アンがバリー家に招待され、屋敷に泊まることになった日のこと。アンが客間の寝室のベッドにどちらが先に着くか競走しようとダイアナに提案し、二人でベッドに飛び込んだところ、そこにはすでに金持ちのダイアナの伯母ミス・バリーが寝ていた。ショック死しそうになったと言って激怒したミス・バリーは、姪ダイアナの音楽レッスンの月謝を払うという約束を取り消すと言い渡す。アンはミス・バリーを訪ねて、自分の責任を詫び、「おばさまは客間に寝るのには慣れていらっしゃるのでしょうけれども、もしご自分が、そんな名誉にあずかったことのない孤児だったら、どんな気がするか、ちょっと想像してみていただけないでしょうか」(第一九章)と言う。アンは、友をかばうために、敢えて自分が孤児であるという事実をレトリックとして用いたのだ。この話しぶりを面白がったミス・バリーは、その後アンと親しくなり、去り際に、町に来たら自分の屋敷に泊まっていくようにと言う。このことをマリラに報告するアンは、ミス・バリーは「魂の同類」だとわかったと打ち明け、「魂の同類って、前に思っていたほど少なくはないわね。世の中にこんなにたくさんいるとわかるのって、すばらしいわ」と言う。このようにアンは人々に対して心を開き、独特の話術によって、親しい人の輪を広げていくのである。

新任のアラン牧師夫妻をお茶に招待したとき、アンはレイヤーケーキを作ってもてなすが、バニラの瓶に入っていた痛み止めの塗り薬を誤って入れてしまう。リンド夫人が「恩人を毒殺しようとした孤児の少女を知っている」と言っていたことを思い出し、自分がアラン夫人から誤解されたのではないかと、みじめな気持ちになって部屋にこもる（第二一章）。しかし、アラン夫人はアンに向かって、誰でも失敗をすることはある、自分はアンの思いやりにじゅうぶん感謝していると言って慰める。こうしてアンは、トラブルをとおして、相手が「魂の同類」であることを発見し、より親しくなるきっかけをつかんでいくのである。

マリラの心の推移の物語

このように、アンの周囲の人々は徐々に変わっていく。なかでも、アンによって最も大きく変化する人物は、マリラである。実は『赤毛のアン』には、マリラの視点から描かれた箇所が数多く含まれている。したがって、この作品は、アンを家族として受け入れる側の、マリラの心の推移を描いた物語としても読めるのである。

中年の独身女性マリラは、感情を表に出さない質《たち》の、一見頑固な女性であるが、アンの途方もないおしゃべりに戸惑いつつも、その面白さを内心密かに楽しむようになっていく。アンがグリーン・ゲイブルズに来てから三週間とたたないうちに、マリラはマシューに向かって、「あの子のいないこの家なんて想像もできないわ……あの子を引き取ることに賛成してよかったし、あの子のことがどんどん好きになってきたということは、認めますよ」(第一二章)と打ち明ける。マリラのこの言葉は、アンが確実に居場所を獲得しつつあることを裏づけているとも言える。

マリラは、表面ではアンに対してそっけなく厳しい態度を取りながらも、心のなかでは次第にアンに対する愛情を深めていく。彼女は、アンの言うことを聞いて、笑いをこらえ、あとで大笑いすることもある。こうして、マリラのなかに長らく眠っていたユーモアや愛情深い側面がほぐされ、引き出されていくのである。

やがて一五歳になったアンは、背も高くなり、大人っぽい表情で、口数も前より少なくなる。

少女期を脱していくアンを見ながら、マリラは「奇妙な喪失感のような悲しみ」(第三一章)を覚え、アンがいつまでも小さな子のままであってほしかったと寂しがるようになる。アンがクイーン・アカデミーに進学するために家から去って行った日、マリラは一日中、家事に没頭することによって「辛い心の痛み」を紛らわしながら、夜になると寂しさのあまり、枕に顔をうずめて泣くのである(第三四章)。

マシューが急死した日の夜、眠れないアンとマリラが二人きりで過ごす通夜の場面で、マリラはついに自分の想いをアンに向かって正直に吐露する。

「あんたがここにいなかったら――もし、ここに来ていなければ――私はどうなっていたことかしら。ああ、アン、私はあんたに対して厳しくて、きつかったかもしれないっていうことは、自分でもわかっているの。だからといって、私があんたのことを、マシューと同じくらい愛していなかったなんて、思わないでね。いまなら言えるわ。私にとっては、自分の気持ちを言うことは難しいけれども、いまみたいなときなら言えそう。私はあんたのことを我が子のように愛しているし、あんたがグリーン・ゲイブルズに来たときからずっと、あんたは私の喜びで、慰めでもあったのよ」(第三七章)

　ちなみに、村岡花子訳版では、このマリラの告白の箇所がすっかり削除されている。山本史郎は、村岡がマリラを「こわいおばさん」として造形しているため、その統一的イメージにそぐわないこの部分を省いたのであろうと推測している(山本、六八―八〇頁)。村岡の翻訳が、日本の多くの読者に『赤毛のアン』の真髄を伝えることに大きく貢献したことは、言うまでもない。しかし、作者モンゴメリが、マリラという「こわいおばさん」が心をとかされ、赤の他人であるアンを我が子のように愛するようになる過程を丁寧にたどりつつ、原作に描き込んでいるということは、ぜひ明記しておきたい。

「我が家」とは何か

　以上に見たように、アンは人々の心を変えることによって、居場所を獲得していく。アンが人の心を動かすのは、まず彼女自身が、小さなことでもすぐ喜ぶからだろう。かつて不幸な孤児時代を過ごしたアンにとっては、ひとつひとつの新たな体験が、わくわくする夢のように感じられるのだ。たとえば、初めてピクニックに出かけ、アイスクリームを食べるという体験。これを楽しみにしたあまり、紫水晶ブローチ事件で、盗みの告白をするまでピクニックに行かせないとマリラから迫られたアンは、作り話をでっち上げてまで、夢を達成しようとしたのだった。

アンはダイアナとともに、ミス・バリーから招待されて、町の豪奢な屋敷に泊めてもらう。博覧会や競馬、公園のドライブ、コンサートなどに連れて行ってもらい、夜にはレストランでアイスクリームを食べる（第二九章）。最初から最後まで楽しいことがぎっしり詰まったこの四日間の滞在は、アンとダイアナにとって、その後何年にもわたって記念となるような画期的な出来事だった。アンのマリラへの報告によれば、それは「筆舌に尽くしがたく、興奮のあまり、話せそうもない」ほどの大事件だったのである。

しかし、馬車での帰り道は、行きよりももっと楽しかった。旅の終わりには、「我が家が待っているというわくわくする思い」があったからだ。「生きているってすばらしい。家に帰るって、なんてすばらしいの」と、道々アンはつぶやく。暖かな台所で夕食を準備して待ってくれていたマリラ、そしてマシューとともに食事をしながら、アンは旅の土産話をして、こう言う。「すごく楽しかったわ。私の人生に刻まれるような画期的出来事だったように思うわ。でも、いちばんよかったのは、家に帰ってきたことよ」と。この発言から、アンが見出した最高の幸福は、華やかな都会生活ではなく、「我が家」だったということがわかる。

この作品は、我が家を得る物語なのだ。作品の原題が『グリーン・ゲイブルズのアン』であることを振り返ってみたい。続編の原題も、『アヴォンリーのアン』(*Anne of Avonlea*, 1909／邦題『アンの青春』)、『島のアン』(*Anne of the Island*, 1915／邦題『アンの愛情』)、『風柳荘のアン』(*Anne of Windy Willows*, 1936／邦題『アンの幸福』)……というように、「――のアン」という形で場所を示したものが大半を占める。これは、この物語シリーズが、女主人公が現在を生きるための自分の居場所を見出すというテーマを含んでいることを暗示していると言えるだろう。

クイーン・アカデミーの受験を終えて帰宅したアンを、ダイアナはグリーン・ゲイブルズに来て待ち受けてくれた。疲れがたまってはいるものの、苦手の幾何以外は自信があると、勝利の表情を浮かべたアン。彼女はダイアナに向かって、「家に帰って来るのって、最高！　グリーン・ゲイブルズは、世界中でいちばんすてきな、大好きな場所よ」(第三二章)と言う。

アンが初めてグリーン・ゲイブルズの屋根裏部屋に来てから四年目のこと、彼女はコンサートで詩の暗唱をして、大成功をおさめる。コンサート会場で、大金持ちの人々を見て目のくらんだ友人ジェイン・アンドルーズから、金持ちになりたいと思わないかと問われたとき、アンは、次のように答える。

「私たちは豊かなのよ。私たち、一六年間しっかり生きてきたし、女王様みたいに幸せだし、想像力もそれぞれ持ち合わせているんだし。……私は自分以外の誰にもなりたくないわ。ダイヤモンドに慰めてもらうことが、一生なくたって結構よ。私は真珠のビーズの首飾りをした、グリーン・ゲイブルズのアンであることに、じゅうぶん満足しているの。マシューが心を込めてプレゼントしてくれた首飾りだもの。ピンクの衣装のご婦人がつけていたどんな宝石だって、それにはかなわないわ」(第三三章)

想像力でロマンチックな夢を見続けていた少女が、四年間の充実した生活を経て、「我が家」を獲得し、自分の居場所のなかに幸せを見出す——それが『赤毛のアン』のメインストーリーなのだ。つまり、もっともっと欲しいと遠い夢を追いかけるのではなく、現実生活のなかに幸福を見出すという物語なのである。

マシューが死んだあと、目を患って失明する不安を抱えたマリラが、グリーン・ゲイブルズを売りに出そうとしたとき、アンは、大学進学をあきらめる。村の学校教師になって、マリラとともに生きようと決意するのである。たしかにリンド夫人のように、女は高学歴である必要はないという考えの持ち主もいるが、アンはそういう社会通念に対して折れたわけではない。

彼女は、ただ目標を変えただけで、大学に行く代わりに自分で独学するという計画も抱いている。アンはその決意を、次のようにマリラに向かって語る。

「クイーンを出たとき、私の未来は、一直線の道がまっすぐ伸びているような感じがしたわ。その先にたくさん標石があるような感じ。でも、いま曲がり角に来たのよ。そこを曲がると何があるのかわからないけれど、それがいちばんいいものなんだと、私は信じるわ。曲がり角にも、それなりの魅力があるわ、マリラ。その道の向こうはどうなっているのかしらって想像すると……」(第三八章)

フェミニズムの観点から、これを残念な結果ととる向きもあるようだが、筆者はそれに対して違和感を覚える。権利を主張して何でも前に突き進むばかりをよしとするのは、いささか読みが浅いのではないだろうか。引用箇所のアン自身の言葉を見るかぎり、彼女は自分自身の直感と判断力とに従って決断したのである。アンは、まっすぐな一本道だけが最善の道だと思わず、目的に至る道はいろいろある、人生においては時にはあきらめることも大切だということを、学んだのだ。他人の価値観の圧力に押されて妥協するのではなく、自分の生き方を自分自身で選択する力のある人間へと、アンが成長を遂げたということである。それは、たんに競争に勝つという野心をまっしぐらに推し進めるというストーリーよりも、奥深い含蓄のある物語性を秘めているのではないだろうか。

3　能力でキャリアを開く

文学の力

アンは、最初にマリラに身の上話をしたとき、これまで孤児院以外には学校に行ったことはほとんどないが、読むことは得意で、たくさんの詩をそらんじていると話す。暗唱できる詩として挙げているのは、「ホーエンリンデンの戦い」("The Battle of Hohenlinden")や「フロッデン後のエディンバラ」("Edinburgh after Flodden")ほかであるが、その多くは、故国を離れ、家のない人々の悲しい状況を描いた詩である。これは、スコットランドからカナダに移住したモンゴメリの祖先たちの経験を反映していると同時に、家のない放浪児で、誰からも歓迎されないアンの心を映し出しているのではないかと、ドゥーディとバリーは指摘している(Doody and Barry, p. 457)。

『赤毛のアン』では、語り手が語る地の文章にも、文学作品からの引用句が数多く埋め込まれているが、登場人物であるアン自身の言葉にも、その特徴は顕著に表れている。不遇な子ども時代からたくさん本を読んで、孤独を紛らわせていたアンの頭のなかには、文学作品のなかの一節がたくさん詰め込まれていて、言葉の端々にそれが顔を出す。たとえば、アンがしばしば口にする〈魂の同類〉とは、トマス・グレイの詩「田舎の墓地における挽歌」("Elegy Written in a Country Churchyard," 1751)から、〈腹心の友〉とは、キーツの詩「秋に捧ぐ」("To Autumn," 1820)から取られた表現である。このように、詩の引用を交えたアンの大げさな話し方には、独特の雰囲気が漂っている。

物語を創作することも、アンの得意技である。あるとき、アンは「嫉妬深きライバル」という物語を書く。コーデリア・モンモランシーとジェラルダイン・シーモアという二人の美しい乙女たちは、互いに惹かれ合い、友情で結ばれるが、バートラムという男性が現れてジェラルダインに恋したために、彼に密かに恋心を抱くコーデリアが嫉妬して、ジェラルダインを川の奔流に突き落とし、ジェラルダインを救おうとして飛び込んだバートラムがともに溺れ死に、コーデリアは発狂するという物語である。

原書の注釈によれば、これは、ヒロインと男性主人公の名前が一致していることからも、エリザベス・バレット・ブラウニングの「レディ・ジェラルダインの求婚」(“Lady Geraldine's Courtship”)の影響を受けたものであるようだ。愛し合う二人が川で溺死するという結末は、ジョージ・エリオットの『フロス河の水車場』(一五二頁を参照)を想起させるという指摘もある(Montgomery, *The Annotated Anne of Green Gables*, p. 280 の編者による注より)。アンはそこに、コーデリアという自らの分身を加えて――アンは、初めてグリーン・ゲイブルズを訪れ、マリラから名前を尋ねられたとき、「コーデリア」(シェイクスピアの『リア王』(*King Lear*, 1605-06)に登場する悲劇のヒロイン)と呼んでほしいと請うている――新しい味つけをしたのである。

アンがこの話をダイアナに語り聞かせ、感心させたことをきっかけに、二人は「お話クラブ」を結成して物語を作る練習を始める。やがて、ほかの友人たちもこのクラブに加わるようになり、各メンバーが週にひとつ物語を作ってきて、みなの前で朗読することになる。作者モンゴメリ自身も、若いころ「ストーリー・クラブ」を二人の友人と結成して、ヒロインが溺れ死ぬ悲劇的な物語を書いたことがあると、日記のなかで回想しているため(一九一一年一月二七日付け[Rubio, Vol. 2, p. 43])、ここには伝記的な要素も見られる。

赤毛を気にするアンは、あるとき行商人の口車に乗せられて、美しい黒髪になると信じ、髪染めを買って染めたところ、緑色に染まってしまい、みじめな思いをする。自らの軽率な行いを悔いながら、アンはマリラに向かって言う。「『ひとたび欺瞞《ぎまん》を犯し始めるや、いかにもつれた蜘蛛の巣を紡ぎ出すことにならんや』っていう詩の文句があるけれど、あれは本当のことね」(第二七章)。これは、ウォルター・スコットの『マーミオン』(*Marmion*, 1808)第六篇「戦い」からの引用である。大失敗をしてまいりきっているときにでも、さっと引用が出てくるところがアンらしいが、スコットの扱う歴史的出来事とアンの髪染め事件との間の落差から、ユーモアが生じてくる。

言葉の力が生み出すもの

文学への興味がもとでトラブルが起きるという挿話も、作品のなかにはある。たとえば、アンの発案により、アルフレッド・テニソンの「ランスロットとエレイン」("Lancelot and Elaine")〔トマス・マロリーの『アーサー王伝説』をもとにした叙事詩『国王牧歌』(*Idylls of the King*, 1859)より〕の劇を友人たちとともに演じて、ボートで溺れかけるという事件を起こしたことである(第二八章)。ランスロットに失恋して死んだエレイン姫の遺体がボートに横たえられ、流されていくというストーリーをもとに、誰もが尻込みするエレイン役をアンが演じることになるが、ボートが浸水して沈みかけ、あわやアンも溺れかけるという事件に発展する。死んだはずのエレイン姫が立ち上がって大慌てし、橋に近づいたとき、橋の脚によじ登るという、ロマンに欠ける行動へ。この失敗で、アンは「ロマンチックを気取りすぎる過ち」を学ぶことになる。作者は、こうした出来事をとおして、想像力の行き過ぎを風刺していることがうかがわれる。

逆に、アンの才能が発揮されて成功するエピソードもある。ホテルのコンサートでアンが詩を暗唱して、観客を魅了し大喝采を得るという出来事(第三三章)は、その一例である。やがてアンは、クイーン・アカデミーで、英語・英文学で最高の成績をおさめた卒業生に授与されるエーヴリー奨学金を獲得し、レドモンド大学で文系コースを四年間学ぶ道が開けるまでになる(第三四章)。

作品の結末は、ロバート・ブラウニングの物語詩『ピッパが行く』(*Pippa Passes*, 1841)からの一節「神、そらにしろしめす。すべて世は事もなし」(上田敏訳詩集『海潮音』の「春の朝」より)をアンが口ずさんで閉じられる。これは、工場で働く孤児の女主人公、ピッパが、休暇の日に歌を歌いながらさまよい歩き、彼女が通り過ぎたあと、彼女自身はそれとは知らないままに、周囲の人々の運命に影響を及ぼすという物語からの一節である。この詩を口ずさむアンは、自分もピッパのよき影響を受けて、今後もよい生き方をしていこうと自らに言い聞かせているのかもしれない。しかし同時に、アン自身が周囲によき影響を引き起こす孤児ピッパと重なり合う存在であるような余韻が残る。

シンデレラが日々打ち込んでいたのは、もっぱら掃除や洗濯といった家事労働が中心で、彼女の特技は、動物たちの世話とダンスぐらいだろう。しかし、ジェイン・エアやその娘たちには、書物を読み、言葉の力を強みとする特徴がある。想像力を働かせて言葉巧みに表現し、話の面白さで人々の心を引き込み、他人を説得し、豊かな人間関係を形成し、さらには言葉の力を、社会でキャリアを発展させていくための武器として磨いていく。

シンデレラ・ストーリーを脱却した女性たちが、人間としての力を強化するためにまず手にした武器は、言葉の力だった。その土台を形成するのが、文学を「読む」ことである。アンの物語は、親も財力も美貌も何ひとつ持ち合わせていなかった少女が、文学によって育んだ「言葉の力」で道を切り開いていく物語であるとも言えるだろう。

学力を磨く

アンは、アヴォンリー小学校に登校するようになって三週間ほどたったとき、初めて会ったギルバートに赤毛をからかわれ、癇癪を起こして、石盤をギルバートの頭に振り下ろして割るという騒ぎを起こす。しかも、翌日、教師から不当な罰を与えられ、ギルバートの隣に座らされるという屈辱を受けたアンは、学校に行くのを拒む。

しかし、ダイアナと遊ぶことをバリー夫人に禁じられたことをきっかけに、アンはダイアナに会いたいがため、ふたたび学校に行くことを決意する。それからというものアンは、勉学に専念するようになる。その直接の目的は、なんとしてもギルバートに負けたくないという強い願望だった。本心は誰にも白状せず、そしらぬ顔をしていたが、アンは内心、ギルバートに対するライバル意識を燃え上がらせていたのである。

間もなく、アンとギルバートがどの科目でもトップを争うようになり、二人のライバル関係が、学友たちの目にも明らかになる。試験の点数が公表されるたび、どちらが上になるかを意識して、二人はしのぎを削る。その結果、学期の終わりには、アンとギルバートは二人揃って、上級クラスに進級し、「分科」と呼ばれる科目、すなわちラテン語、幾何、フランス語、代数を学び始めることを、許可される。

勝つと気分が良く負けると悔しい、一番になれば黙っていても級友たちの敬意の念が伝わってくるようで達成感がある——アンのライバル意識や承認欲求の良し悪しはさておき、こうしたたあいもない動機により頑張っているうちに、学力がついていき、結果として、アンの前には進学への道が開かれていく。しかもそこには、周囲から一目置かれ、認められるようになるという副産物もついてきたのだった。

進学への道

アンは、アヴォンリー校のフィリップス先生のことが好きではなかったが、後任の若い女性教師ステイシー先生が大好きになり、ますます向学心を煽られるようになる。

ステイシー先生は、クイーン・アカデミーを志願する学生のために、放課後、受験クラスを編成する。アンも、クイーン・アカデミーで教師の資格を取るという夢をかなえるために、この受験クラスに参加することになる。教師になることをキャリア形成の計画に組み込んでいるという点で、アンはジェイン・エアと共通している。

ここでも、アンとギルバートは、首席を競い合う。いよいよ試験となり、アンは町へ行く。試験で死力を尽くし、あとは発表を待つだけとなる。ギルバートより上位で合格したい、もし不合格になったら、その屈辱は耐えがたい、という思いだけではなかった。マシューやマリラに誇らしい喜びを与えるために上位で合格したいという「より崇高な動機」も、アンにはあった。

ダイアナが合格者リストの掲載された新聞を持って現れ、アンとギルバートが同点の一番で合格したという知らせをもたらす。トップに掲載された自分の名前を見たアンは、「その瞬間、生きていた甲斐があった」(第三二章)と思う。アンから知らせを聞いて、マシューとマリラは喜び、リンド夫人は、アンのことをみんなの誇りだと称賛する。その夜アンは、感謝と希望に溢れ、満ち足りた思いで神への祈りの言葉を捧げる。

アンはなぜ、マシューとマリラの誇りとなることを熱望するのか? もちろん、自分を引き取ってくれた二人への感謝の念から、恩返しをしたいという気持ちはあるだろう。しかし、ほかにも何か原因があるようにも思える。それは、もともと男の子をほしがっていたところへ、女である自分が望まれずして来たことへのこだわり、つまり、男でないことへの引け目が、男に勝ちたいという願望を強める引き金となっていたのではないだろうか。

アンは、グリーン・ゲイブルズを離れてクイーン・アカデミーの学生になる。アンは、通常のように二年かけず、一年で教師の免許を取得するというコースを選ぶ。五〇人のうち、ギルバートを除くとひとりも知り合いがいないクラスのなかで、孤独を感じたアンは、ギルバートとライバル関係を持続することができることに、新たな喜びを感じる。

たゆまず勉学に励むアンだったが、いまでは、ギルバートを敗北させるために勝ちたいのではなく、「立派な敵」(スコットの『湖上の麗人』(*The Lady of the Lake*, 1810)からの引用)に勝利したいという誇らしげな意識が、アンの動機となっていた。「たとえ勝てなかったとしても、人生が耐えがたいものになるとは、もはや思わない」(第三五章)と言うように、いつしかアンの気持ちは変質していたのである。同郷のよしみということも手伝って、アンとギルバートのなかに、ある種の友情が醸成されつつあったと言えるかもしれない。

クイーン・アカデミーに、エーヴリー奨学金の枠が一人分まわってくるというニュースを聞いたとき、アンの胸はときめき、「彼女の野心の地平線が、魔法のように遠くまで広がっていく」。よい成績を取って奨学金を獲得し、レドモンド大学で学ぶという計画が、アンの脳裏に広がる。決意を固めたアンは、大学を卒業したらマシューが誇りに思ってくれるだろうと想像する。「ああ、野心を持つのって、楽しいことだわ! 野心を持てて、よかった。野心って、果てがないし……人生を面白くしてくれる」(第三四章)と、アンはつぶやく。

野心を持ち、自分で道を切り開くことに、生きる喜びを見出す――それは、ただ待っているだけのシンデレラとは、基本的に生きる姿勢が異なる。学力においても女は男に勝てるという、人間としての対等意識を持つことが、少女の野心を駆り立てるのである。本編では、家庭の事情により、いったん大学への進学を断念したアンだったが、やがて続編では、大学進学への夢を果たすことになるのである。

4　敵対から友愛へ

不幸な出会い

これまで見てきたとおり、アンとギルバートの出会いは不幸だった。新入生アンの注意を引こうとしたギルバートが、「にんじん」と言ってからかったことが、アンの逆鱗に触れたのである。以後アンは、これを根に持ち、ギルバートが謝っても決して許そうとせず、意地を張り続けて、彼と敵対する。

この作品は、恋愛ロマンスとして見るならば、最悪の出会い方をした男女が、対立を経て、いかに両者の関係を変質させ、融和に至るかというプロセスを描いた物語としても読める。この形の小説の元祖は、オースティンの『高慢と偏見』である。初めて出会ったとき、ダーシーがエリザベスのことを、「たいした美人ではない」と言っているのを耳にしたエリザベスは、ダーシーに対して、根深い恨みと偏見を抱き続ける。プライドの高い利発な女主人公が、自分の容貌を悪し様に言われたことをきっかけに、自分と互角の男性に恨みを抱き、敵対意識を募らせるというパターンにおいて、両作品は共通する。『赤毛のアン』は少年少女版『高慢と偏見』だとも言えるだろう。

しかし、大きな違いは、『赤毛のアン』では、男女が学校という教育現場で、学力によって対等に競うということだ。そこに、経済的・階級的差異は介在しない。女主人公が、「玉の輿に乗る」というシンデレラ的要素は皆無である。

アンがエレイン姫を演じ、ボートに横たわって川へ押し出されていっている途中、ボートが浸水し始めるという事件の続きを述べよう。ボートが橋の脚の近くまで流れ着いたとき、アンは橋の脚によじ登る。彼女は小舟に乗ったギルバートに助けられ、船着き場まで送ってもらうが、最後は助けの手を傲然と無視して、自分で岸に飛び移る。ギルバートは、以前アンの髪の毛についてからかったことを詫び、友達になりたいと申し出る。このときアンは一瞬ためらったが、過去の屈辱と怒りが蘇《よみがえ》り、ギルバートの申し出を拒絶し、二人は物別れとなる。

ライバル意識の変容

アンは、ギルバートが仲直りを求めたのに、それを断ったことを、あとで後悔する。クイーン・アカデミーの受験クラスでギルバートに無視されることが気になるアンは、もしあの川での機会がもう一度訪れたならば、自分は違った答え方をするだろうと感じるようになる。いまさら手遅れというときになって、アンは、ギルバートに対する怒りの気持ちがもはや自分の心のなかから消えていること、すでに彼のことを許していたことに気づくのである（第三〇章）。

受験の本番のときもそうだった。二人は何度も通りで会っても、互いに知らん振りをしてすれ違うだけだったが、アンは内心、ギルバートから頭を下げてきたときに友達になっておくべきだったと後悔し、ますます彼に負けるわけにはいかないと闘志を駆り立てられる（第三二章）。

アンの心のなかには、このような無理があったが、二人の関係が不毛であったわけではない。先にも見たとおり、アンとギルバートが試験で同点の首席で合格したことは、結果的に、二人がよきライバルであることを示す。たとえ絶交状態ではあっても、心のなかで相手に一目置き、競争意識ゆえに、自分を高めることができているからだ。それはいっさいの妬《ねた》みの余地のない互いに切磋琢磨する関係が形成されていたことを意味する。

アンがコンサートで、詩の暗唱をする場面を詳細に見てみよう。それは名誉ある晴れがましい舞台だったが、朗読のプロが飛び入りでアンの直前に出演し、観客を魅了するという突然の出来事により、次に順番がきたアンは、完全にあがってしまう。舞台から逃げ出したいような衝動に駆られたとき、観客席の後ろのほうに座っているギルバートの姿が、アンの目に入る。身を乗り出し、微笑みを浮かべているギルバートを見た瞬間、ギルバートの前で恥をかくわけにはいかない、彼に笑われるようなことが断じてあってはならないという思いから、恐怖と不安が消え、「勇気と決意が、電気ショックのようにアンの全身を貫く」(第三三章)。アンは落ち着きを取り戻して、見事な暗唱を行い、観客の大喝采を浴びることになる。こうして、ギルバートに対するライバル意識は、アンに勇気を与える刺激剤として効果を発揮していることがわかる。

クイーン・アカデミー在学中、学生たちは週末ごとに帰省する。駅では、帰省者たちを出迎える友人たちも交ざって、みなで楽しく歩きながらアヴォンリーに歩いて帰る。そんななかでアンは、もしギルバートのような友達がいて、いっしょに歩きながら、勉強や本の話、将来の希望や野心について語り合えたら、どんなに楽しいだろうと思わずにはいられない(第三五章)。ギルバートは頭がよく、自分の考えと意志力、そして、将来への展望と野心を持っていて、自分と共通の話題を分かち合える友になれるということを、アンも認め、彼を評価していたのである。アンにとってギルバートは、男女の違いを超え、自分が共感できる同質性を持った友であり、互いを高め合うことができる相手なのだ。クイーン・アカデミーに入学したあとは、二人の関係から不毛な要素が消え、生産的な友情ある関係へと変質していくのである。

学年末試験の結果が発表され、ギルバートが首席を獲得。アンはギルバートに敗北したが、エーヴリー奨学金を獲得し、レドモンド大学への進学の道を手にして、クイーン・アカデミーを卒業し、いったん帰郷する。

しかし、ギルバートが経済的理由から大学進学をあきらめ、自分で活路を開くために教師になり、アヴォンリー校で採用される予定だという噂を耳にしたとき、アンは衝撃を受ける。それは「当てが外れて驚きうろたえるような奇妙な感じ」(第三六章)だった。自分を奮い立たせてくれるライバルがいなければ、どうしてよいかわからないような失望感を覚えたのである。ここからうかがわれるのは、アンにとって自分を駆り立てるエネルギー源として、ギルバートが不可欠な役割を果たしていたということだ。

友情、そして恋愛へ——パートナーの獲得

マリラから、グリーン・ゲイブルズを売り払うという計画を聞いたアンは、レドモンド大学に進学することを断念し、グリーン・ゲイブルズに留まってマリラといっしょに住み、教師になることを決意する。近くのアヴォンリー校にはギルバートが勤めることになっているのであきらめ、自分は馬車に乗ってカーモディの学校に通おうと考える。

しかし、ギルバートが、アヴォンリー校勤務の申請を取り消し、アンの申請を受理してほし

いと理事会に申し出て、自分はホワイトサンズの教師になることに決める。つまり、ギルバートは、アンが家から通えるようにアヴォンリー校のポストを譲り、自分は下宿代を払って、遠くの学校に勤めることにしたのである。

この知らせを聞いた翌日、アンはマシューの墓参りに行き、その帰りにギルバートにばったり出会う。アンはギルバートの厚意に対してお礼を言い、二人は和解の握手を交わす。ボート事件以来、仲直りしなかったことを、自分はずっと後悔していたと告白するアンに対して、ギルバートは次のように言う。

「ぼくたち、最高の友達になれるよ。アン、ぼくたちはお互いに親友になるために生まれてきたんだよ。その運命に、きみはもうじゅうぶん逆らってきただろう？　ぼくたちは、きっといろいろなことで助け合えると思うよ」

助け合いの内容は、目下は、ともに大学進学の夢を果たすべく勉学を続けながら、教師を務めるために、励まし合おうということだろう。しかし、ギルバートの言葉には、その先までの大きなスパンを含んだ意味深い響きもある。この結末から、この二人はいつかきっとよきパートナーとして結ばれるであろうと、多くの読者は予想する。

読者のそうした期待に応えて、モンゴメリは次々と続編を書き続けることになる。『アンの青春』では、アンは独学を続けながらアヴォンリー小学校の教師生活を送る。『アンの愛情』では、アンとギルバートはレドモンド大学に進学して大学生活を過ごす。ギルバートからの求婚をいったん断り、ハンサムな王子のようなロイに想いを寄せるアンだったが、ギルバートが危篤となったとき、彼に対する愛に目覚め、婚約する。『アンの幸福』は、婚約時代――アンは島の高校の校長を務め、ギルバートは本土の大学で医学を学んでいる時代――に二人が交わした手紙からなる（この作品は、後年書き足された）。『アンの夢の家』(*Anne's House of Dreams*, 1917)で二人は結婚し、子どもが誕生し、家庭を築いていく。その後も、『炉辺荘《ろへんそう》のアン』(*Anne of Ingleside*, 1939)、『虹の谷のアン』(*Rainbow Valley*, 1919)、『アンの娘リラ』(*Rilla of Ingleside*, 1921)と、子どもたちの成長の物語へとアン・シリーズは続いていく。

『赤毛のアン』シリーズは、女主人公アンを取り巻く主題が友情から結婚・家庭生活へと推移していく物語である。たしかに、グリーン・ゲイブルズの善良なマシューとマリラに引き取られたアンの物語は、幸運な少女のサクセス・ストーリーではある。しかし、魔法の力で着飾って舞踏会に出かけ、王子と出会い幸運をつかむ〈シンデレラ〉の物語とは大きく異なり、学力によって仕事を獲得し、男性との対等な関係の形成を経てパートナーを得るという流れからも、ジェイン・エアの系譜に連なる物語であることがわかる。

第4章

イギリスでの変転とその後の「ジェイン・エア」

——ルーマー・ゴッデン『木曜日の子どもたち』

ルーマー・ゴッデン

1 「シンデレラ」のゆくえ――『ジェイン・エア』からの変容

イギリスにおける〈ジェイン・エアの末裔たち〉――ジョージ・エリオット

第二章の初めで、シャーロット・ブロンテは、イギリスでは小説史に揺さぶりをかけはしたが、すぐあとに伝統を作り出すことはなかったこと、〈ジェイン・エアの娘たち〉は、海を渡り新大陸の地で次々と生まれ育っていったことを、指摘した。

では、その後、イギリスでは〈ジェイン・エアの末裔たち〉がどのような姿に変転したのかをたどってみよう。まず、女性作家ジョージ・エリオット（本名メアリ・アン・エヴァンズ、一八一九―八〇）の『フロス河の水車場』(*The Mill on the Floss*, 1860)を例として挙げたい。これは、女主人公マギーの少女期から若い女性へと成長するまでを扱った小説である。

水車場の持ち主であるタリヴァー氏は、跡継ぎのトムには、立派な実業家になるように期待して、熱心に教育の機会を与える一方で、頭のいい娘マギーについては、「女の賢さはかえって禍《わざわい》を招く」と言って案じる。激しい気性で不器量なマギーは、兄トムに愛されたいという欲望が強く、愛らしい従妹ルーシーに嫉妬して乱暴を働いたり、ジプシーの村に逃避行したりするなど、しばしば騒ぎを起こす。

タリヴァー氏の破産と死により、一家は没落し、マギーは苦悩のなかで信仰に救いを見出し、厳しく自分を律して生きる。魅力的な女性に成長したマギーは、父の仇敵ウェイケムの息子フィリップと学問や芸術について語り合ううちに親しくなり、トムに激怒される。

その後マギーは、ルーシーの婚約者スティーヴンから愛を告白され、彼と駆け落ちするが、船旅の途中で改心し、故郷の町の囂々《ごうごう》たる非難のなかへ帰って行く。孤立のなかで悶々と生きていたマギーだったが、洪水が発生したとき、トムを助けに河の濁流のなかの水車場へと向かい、兄と抱き合いながら溺死する。

少女時代のマギーは、他人に理解されず、自我の強い聡明な異端児である点で、ジェイン・エアと共通性がある。社会の軋轢《あつれき》に悩むマギーは、学問を愛好しつつも、それを自立の手段にするすべもなく、自閉的な生活へと向かうという点で、ジェイン・エアとは歩む道筋が異なる。フィリップとの交際は彼女に慰めをもたらすが、身体に障害のある彼への想いは、対等なパートナーへの愛というより、弱者へのいたわりに近い種類のものである。最終的にマギーは、兄との和解のなかに安らぎを見出し、悲劇的な死に至る。

『フロス河の水車場』は、少女の孤独な戦いと精神的成長の物語ではあるが、社会に反逆する物語でも、サクセス・ストーリーでもない。それは、法制度や市民道徳の圧迫のなかで個として生きることの苦悩や、「諦念《ていねん》とは何か」という重いテーマを追究した大人の小説であり、新しい少女小説とは流れを異にする作品だと言えるだろう。

『フロス河の水車場』は、作者ジョージ・エリオットにとって、自伝的な色彩の濃い作品でもある。エリオットは若いころ、英国国教会の教義に疑問を覚え、教会に通うことを拒否して、父親と半年間ほど絶交したことがあった。これは、エリオットが表面上、父に折れることにより解消したが、エリオットはその後も無神論を貫いた。

また、エリオットは、評論家G・H・ルイスと知り合って内縁関係となったため、兄から絶縁される。ルイスは、別居中の妻が不倫関係の男性と暮らしていたにもかかわらず、離婚がかなわなかったために、エリオットとは法律上の結婚ができなかったのである。しかし、エリオットには、自分にとって真の伴侶であるルイスとともに生きることは正しいのだ、という信念があった。自らが宗教や法律に逆らって生きたからこそ、エリオットは自身の文学において、真に正しい道徳とは何かという問題を、いっそう厳しく追究するようになったのである。社会と個人との関係を描くことに重点を置いたエリオットは、全般として見ると、ジェイン・オースティンの伝統に連なるイギリス的作家であると言えるだろう（廣野「エリオットはオースティンから何を受け継いだのか?」参照）。

海を渡った作家フランシス・バーネット

では次に、作家自身がイギリスで生まれて大西洋を渡った例を挙げてみよう。本書の第2章で取り上げた女性作家たちとともにアメリカで活躍した児童文学作家、フランシス・ホジソン・バーネット（一八四九―一九二四）である。

バーネットは、マンチェスターで生まれたが、三歳のとき父を失ったのち、一八六五年、家族とともにアメリカに移住した。家計を支えるために、一九歳のとき短編小説を書いて出版社に原稿を送ったところ採用され、作家活動を始めた。一八七三年、医師スワン・バーネットと結婚し、次男をモデルにした『小公子』(*Little Lord Fauntleroy*, 1886)で成功をおさめたのち、『小公女』(*A Little Princess*, 1905)、『秘密の花園』(*The Secret Garden*, 1911)など、次々と児童文学作品を発表して人気作家となった。彼女はアメリカとイギリスの間を自由に行き来し、一八九〇年代から一九〇〇年代にかけては、ロンドン、続いてケント州に家を借りるなど、イギリスに移り住んだ時期もあった。

アメリカで成功をおさめたバーネットだが、その作品には、イギリス的な要素も多分に含まれている。『小公子』の主人公セドリックの父は、アメリカ人女性と結婚したために親から勘当される。父と死別したセドリックは、ニューヨークで母と貧しい暮らしをしていたが、イギリス貴族の祖父ドリンコート伯爵の跡継ぎとして渡英し、その愛らしさと素直な心によって、頑固な祖父の心を解き、母を城に呼び寄せるに至る。まさに、〈シンデレラ〉物語の少年版のようだが、この作品は、新世界アメリカと旧世界イギリスの交流を描いた作品であるとも言える。

『小公女』も、『小公子』と同様、シンデレラ型のストーリーである。ロンドンが舞台で、大金持ちの娘セーラが、父の破産と死により、寄宿学校で召使いの立場に失墜させられるにもかかわらず、プリンセスのように気品を保ちながら生き、最後に、父の友人に発見され、幸福な生活に戻るという物語である。強く明るく生きる少女の物語ではあるが、ジェイン・エアに比べると「自立への意志」がいまひとつ希薄に感じられる。また、高貴な生まれではあるが不遇のヒロインが苦境を乗り越え、正当な地位を回復するという筋の展開は、イギリスの伝統的な感傷小説とも類似している。

『秘密の花園』は、バーネットが夫スワンと離婚し、その後再婚したスティーヴン・タウンゼンドとも短い結婚生活を終えたのち、イギリスのカントリー・ハウスで暮らしていたときに書かれた作品である。エミリー・ブロンテの『嵐が丘』と同じヨークシャー地方の荒野を舞台とし、この土地特有の“wuthering”と呼ばれる気候についても言及した『秘密の花園』は、バーネットが『嵐が丘』を意識して書いたものと推測できる。

これは、女主人公メアリが、インドで両親を亡くしたあと、ヨークシャーの伯父の屋敷に引き取られ、そこで病弱な従弟コリンと出会い、長年誰も足を踏み入れなかった「秘密の花園」を発見し、庭造りに熱中することをとおして、彼とともに病んだ心身から回復していくという物語である（廣野『謎解き「嵐が丘」』二三五頁）。同作品は、疎外された子どもの癒しが中心テーマであり、ジェイン・エアのような動的な冒険を含まない。〈秘密の庭〉を発見して心が成長するという型のファンタジーとしては、同じくイギリスの女性児童文学作家フィリパ・ピアス（一九二〇―二〇〇六）の『トムは真夜中の庭で』(*Tom's Midnight Garden*, 1958)に連なる作品であるとも見なせる。

たしかに、バーネットという作家本人は、〈ジェイン・エアの娘〉と言えるかもしれない。しかし、以上にも見たとおり、彼女が書いた作品の「強く生きる少年・少女」たちは、〈ジェイン・エア・シンドローム〉の流れに組み込むのには、元祖の面影がいささか薄いようだ。

現代イギリスの大人の小説においても、『ジェイン・エア』を語り直す試みとして、ダフネ・デュ・モーリアの『レベッカ』(*Rebecca*, 1938)、ジーン・リースの『サルガッソーの広い海』(*Wide Sargasso Sea*, 1966)、A・S・バイアットの『ゲーム』(*The Game*, 1967)、マーガレット・ドラブルの『滝』(*The Waterfall*, 1969)、アニータ・ブルックナーの『秋のホテル』(*Hotel du Lac*, 1984)をはじめとする作品を挙げることができる(Stoneman, pp. 181-188/惣谷・岩上編、一四〇―一七二頁参照)。

しかし、本章では、その後イギリスの児童文学の世界で、異彩を放つ代表的作家として、ルーマー・ゴッデン(一九〇七―九八)を取り上げ、その作品を、〈シンデレラ〉および〈ジェイン・エア・シンドローム〉と関連づけてみることにより、イギリスにおける物語の変容を跡づけることとしたい。

ルーマー・ゴッデンの人生

二〇世紀のイギリス人作家ルーマー・ゴッデンは、小説やノンフィクションをあわせて、六〇作以上の作品を書いている。七作品は映画化され、なかでも『黒水仙』(*Black Narcissus*, 1939/マイケル・パウエル、エメリック・プレスバーガー監督、一九四七年)と『河』(*The River*, 1946/ジャン・ルノワール監督、一九五一年)が有名である。小説のうち半数は児童文学で、日本では、特に

『人形の家』(*The Doll's House*, 1947)、『ねずみ女房』(*The Mousewife*, 1951)などが名作として知られている〔ちなみに、『人形の家』の主人公は人形たちであるが、その持ち主は、気性の激しいエミリーと穏やかなシャーロットという姉妹であり、二人の名前はおそらくブロンテ姉妹の名から取られたものだろうと、推測できる〕。一九七二年には、ジプシーについての若者向け小説『ディダコイ』(*The Diddakoi*, 1972／『キジィ』という題で、BBCによりテレビドラマ化される)により、ホイットブレッド賞を受賞した。

以下、ざっとルーマー・ゴッデンの人生をたどっておこう。ゴッデンは、一九〇七年、イギリスのサセックス州に生まれた。父アーサーがインドで海運業を営んでいたことから、生後間もなく家族とともにインドに移住し、イギリス領のアッサム・ベンガル地方の川の流域地帯で、姉ジョーン、妹のナンシー、ローズとともに育った。生涯、インドとイギリスとの間を行き来し続けた彼女の作品には、インドを舞台とした、この国への愛が溢れたものが多い。

子どもにはイギリスで教育を受けさせるという当時の慣習に従って、ゴッデンは一九一三年、六歳のとき、姉ジョーンとともに、ロンドンに住む父方の祖母の家に送られた。しかし、第一次世界大戦の勃発により、わずか一年余りの滞在は打ち切られ、インドに戻る。

一九二〇年、一二歳のとき、ゴッデンはふたたび姉とともにイギリスの学校へ送られる。明るく穏やかなインドでの暮らしに慣れた姉妹は、イギリスでの生活に馴染めず、五年間に五回も転校を繰り返した。しかし、その期間にゴッデンは文章習練を続けて作家になる素養を磨く一方で、ダンスを習い、ダンス教師になるための訓練も受けた。

一九二八年、ゴッデンはコルカタ(旧称カルカッタ)に戻ってダンス学校を開き、イギリス人とインド人の生徒たちを指導した。この学校は、妹ナンシーの援助のもとで二〇年間続けられることになる。ゴッデンの作品のなかには、この経験を活かして、『木曜日の子どもたち』(*Thursday's Children*, 1984)や『ナイチンゲールの歌を聞いて』(*Listen to the Nightingale*, 1992／邦題『トウシューズ』)など、バレエを題材としたものもある。

ゴッデンは、コルカタの社交界で知り合った男性イーアンと婚約するが、自分の理想の男性である『高慢と偏見』のダーシーよりはるかに劣ると考えて、破談にする。その後、イギリス人の株式仲買人ロレンス・シンクレア・フォスターと知り合い、妊娠を期に、一九三四年に結婚したが、根っからのスポーツマンで文学にはまったく関心のないロレンスとは、心のすれ違いが多く、結婚生活は幸福ではなかった。

ゴッデンは執筆活動を続け、一九三五年、ロンドンで長女ジェインを出産した同日に、最初の小説『チャイニーズ・パズル』(*Chinese Puzzle*, 1936)が出版社に受領された。一九三八年、次女ポーラをコンウォールで出産した年には、第二作『貴婦人と一角獣』(*The Lady and the Unicorn,* 1938)を出版。一九三九年に出版した『黒水仙』がベストセラーとなったことをきっかけに、当時患っていた鬱状態から脱し、執筆活動を本格化していった。

第二次世界大戦により、ゴッデンは二人の娘たちをコルカタに連れ帰るが、夫が入隊したあと、カシミール地方へ移り、子育てをするかたわら、執筆やダンス教師をしながら貧しい暮らしを続ける。

一九四四年にイギリスへ戻って執筆に集中し、その間、サセックスとロンドンを中心に、頻繁に転居を繰り返す。一九四六年に離婚し、娘たちを寄宿学校に行かせるようになると、執筆に専念できるようになり、本格的に文学の世界へ乗り出した。

一九四九年に公務員のジェイムズ・ヘインズ・ディクソンと出会い、ゴッデンは再婚する。ジェイムズは、終生、ゴッデンを精神的に大きく支えるパートナーであり続けた。このころから、カーティス・ブラウン、ハロルド・マクミランのような出版業者や、『河』を映画化した監督ジャン・ルノワールとの出会いなど、人間関係も充実していった。

イースト・サセックスのラム・ハウス〔かつて作家ヘンリー・ジェイムズが住んでいた屋敷〕を借りて、幸せな家庭生活を送っていたが、一九七三年、夫ジェイムズが死去。ゴッデンはこの打撃を乗り越え、ひたすら書き続けた。一九七八年、七〇歳のとき、スコットランドへ移り、娘ジェインの住む家の近くに転居した。その後も、大人向けの小説と子ども向けの小説を交互に書き続け、一九九三年には、大英帝国四等勲爵士に任ぜられる。一九九四年、ゴッデンの人生と作品についてのドキュメンタリーの映像化のために、インドのカシミール地方を訪れる。一九九八年、九〇歳でスコットランドにおいて死去した。

ゴッデンがシャーロット・ブロンテから受け継いだもの

ゴッデン姉妹は、インドに住んでいた子ども時代、家庭で母方のおばメアリから、ピアノ、綴り方、文法、算数、歴史、フランス語、聖書などの初等教育を学んだ。母キャサリンはシェイクスピア、スコット、ディケンズ、サッカレー、ブロンテといった大人の文学をふんだんに子どもたちに読み聞かせた。また、子どもたちの書棚には、ルイス・キャロルの『不思議の国のアリス』(*Alice's Adventures in Wonderland*, 1865)、ラヤード・キップリングの『ジャングル・ブック』(*The Jungle Book*, 1894)、ロバート・ルイス・スティーヴンソンの『宝島』(*Treasure Island*, 1883)、ナサニエル・ホーソンの『タングルウッド物語』(*Tanglewood Tales*, 1851)などの児童文学も愛蔵されていた。

加えて、近所にナラヤンガンジ・クラブという男性用の社交クラブがあり、その別館には、ダンス・ルームと婦人専用の図書室があった。ロンドンから取り寄せられた新しい小説や伝記ばかりではなく、旅行記や博物学、詩、戯曲、哲学など、各種の本が取り揃えられたこの図書室で、ゴッデン姉妹は読書に没頭した。とりわけ姉妹が好きだった本として、ジーン・ストラットン・ポーターの『リンバロストの乙女』と『そばかす』が、ジョーンとルーマーの共著による自伝には挙げられている(Godden, Jon and Rummer, pp. 212–213)。

こうしてゴッデンは、子どものころから英米文学を中心とする作品に親しむうちに、幼いころには姉との合作で、そして次第にひとりで自分自身の作品を書くようになっていく。後にゴッデンは、思い出すかぎり自分はいつも何かを書いていたと回想し、子どものときから物書きになると決めていたと述べている。一〇代前半に、母から一五ポンド借りて、出版社に自分の詩集を持ち込み、出版するように頼んだというエピソードもある(pp. 217–219)。

ゴッデンは自伝において、高等学校のとき、『ジェイン・エア』の劇でジェイン役を演じることになっていたのに、ほかの女学生に役を取られたという苦い経験に触れている(Godden, *A Time to Dance, No Time to Weep*, pp. 11–12)。この記述からも、それまでにゴッデンが『ジェイン・エア』を愛読していたことがわかる。従来、大人のための小説とされていた『ジェイン・エア』もまた、おそらく幼いころから母に読み聞かされた本のなかの一冊だったのだろう。ゴッデンは、大人の小説も子どもの小説も書いているが、どちらかというと境界線の曖昧な作品が多い。その一因は、こうした自身の経験から、ゴッデンが大人の本と子どもの本をはっきり区別していなかったためではないかと考えられる。

そもそも『ジェイン・エア』は、少女時代の回想から始まり、大人になるまでの心の道筋が、連続的に描かれた物語である。ことに、冒頭に描かれた幼いジェインの悲しみと苦悩は、子どもにも理解できる、いや、子どもにこそ深い感動を与えるような内容である。ゴッデンの児童文学には、子ども時代のさまざまな密かな思い、悩みや失望、憧れなどが、そこから読者に強烈に伝わってくるという特色がある。その点においても、シャーロット・ブロンテとゴッデンの作品は、密接なつながりがあると言えるだろう。

ゴッデンの作品には、『ジェイン・エア』に通じる、「見捨てられた子ども」というテーマが繰り返し現れる。『スズメたちのエピソード』(*An Episode of Sparrows*, 1955／邦題『ラヴジョイの庭』)では、第二次世界大戦後のロンドンの貧しい裏通りを舞台に登場する一〇歳の女主人公ラヴジョイが、母から見捨てられ、レストランを経営する夫婦に養育してもらっている。『ディダコイ』の女主人公キジィは、ジプシーの祖母と死別したのち、学校でいじめに遭いながら、葛藤を経て環境に適応していく。そして、『木曜日の子どもたち』では、才能を期待されてバレエに打ち込む姉クリスタルの陰で、親から顧みられることなく育ったデューンが、才能を開花させていく少年時代が描かれる。

ゴッデンがこのようなテーマを繰り返し扱ったのには、自伝的な要素もかすかに投影されていると言えるかもしれない。両親が才能のある美しい長女ジョーンに期待し、絵を習わせたりしたこともあったが、次女の自分のことは放ったらかしていたことに、ゴッデンは、自伝で触れているからである。しかし、そのことがかえって幸いし自分は作家になれたのだと、のちにゴッデンは考えるようになった。つまり、「見捨てられた子ども」というテーマでは、他と違うゆえに受け入れられない子どもの不幸と、逆に、恵まれていることによって成長が阻まれるという皮肉な悪弊との両面を含んだ、「個の成長」の問題が追究されているのだ。

「木曜日の子ども」とは誰のことか

まず、本章で取り上げる『木曜日の子どもたち』のタイトルが、「子どもたち」(Children)というように複数形であることに注目したい。巻頭には、次のマザーグースの歌が掲げられている。

月曜日の子どもは可愛いお顔、
火曜日の子どもはお上品、
水曜日の子どもは悲しみに溢れ、
木曜日の子どもの道は遠い……

つまり、「木曜日の子ども」とは、音楽やバレエなど、厳しい芸術の道を歩み続ける宿命を負った子どものことを指し、そういう子どもがこの作品世界には複数存在することが、暗示されているのである。

すると、主人公は、孤児同然の恵まれない生まれ育ちだが、周囲の大人たちに天才的なバレエの才能を見出され、華やかな舞台へと進み、さながら王子のようになる〈シンデレラ〉少年、デューンだけではないということになる。親から大切にされ、あらゆる恵みを与えられつつ、厳しい試練に遭って成長していく〈意地悪な姉〉クリスタルもまた、「木曜日の子どもたち」のひとりだということになるだろう。この作品は、自立を目指して幼いころから職業獲得への道を歩む子どもたちの物語であり、少年・少女のジェンダーを超えた、『ジェイン・エア』の改変物語として捉えることができる。

そして、この作品には、もうひとりの主人公が隠れていると言えるのではないか。それは、二人の子どもたちの母親ペニー夫人である。彼女は、もとダンサーで、プリマ・バレリーナになるという自分が果たせなかった夢を、娘クリスタルに託して生きている。つまり、彼女は元「木曜日の子ども」だったわけだ。自分には恵まれなかった機会を、ありったけ自分の娘に与えたならば、娘は成功するだろうという妄想。そこには、子どもの教育方法を誤る大きな危険が含まれている。それは、自尊心の強い母親が犯しがちな錯誤でもある。したがって、この作品には、〈母となったジェイン・エア〉がいかに我が子を育てるかという物語が、含まれているというようにも解釈できるのである。

以下、母・少年・意地悪な姉という三つの角度から、『木曜日の子どもたち』を取り上げて、この作品がいかに『ジェイン・エア』を改変、反転させているかを検討していきたい。

2　母としての「ジェイン・エア」

果たせなかった夢を娘に託す母

ペニー夫人には、ダンサーだったという過去がある。彼女はステージに立ったばかりで、大勢のなかに交じって踊っていたころ、楽屋口で彼女を待ち、花束を渡してくれた若いころのペニー氏と結婚した。その後、ペニー氏は八百屋になった。結婚した日から、彼女は女の子を欲しがり、四人の男の子が続いて生まれたあと、ようやく生まれた女の子をクリスタルと名づけ、特別大切に育てる。

ペニー夫人には、あるヴィジョンがあった。上流階級の観客で座席が埋まった豪奢な劇場で、幕が上がると、優雅にお辞儀するバレリーナの少女が、並んだ王子から手にキスされ、拍手と歓声を浴びる。このヴィジョンを繰り返し夢見ながら、彼女は、この少女役をクリスタルが演じる日を心待ちに生きている。だから、ペニー夫人は、何事においても家族のなかでクリスタルを最優先する。クリスタルには家中でいちばん大きな部屋を与え、幼いころからレッスンに通わせ、娘の華やかなバレエ衣装を仕立てることを喜びとし、つねに娘の踊りは完璧だと思っている。

クリスタルが生まれた二年後、予期せず妊娠したことを知ったペニー夫人は、すでに五人も子どもがいてじゅうぶん手を取られているのだから、産みたくないと夫に訴える。ペニー氏は、生まれてくるのは女の子かもしれないと言って妻をなだめるが、ペニー夫人は「ひとり女の子がいるのだから、これ以上いらない」(Godden, *Thursday's Children*, p. 8)と答える。結局生まれてきたのは男の子で、しかもほかの器量よしの子どもたちには似ず、小柄で黒髪の、小さな尖った顔という異質な容貌だった。夫がデューンと名づけたこの赤ん坊を、ペニー夫人は目障りに思い、納戸に寝かしたまま放置して、世話を店の使用人に任せっきりにした。

にもかかわらずデューンが、次第に芸術的才能を発揮し、周囲の人々の目に留まるようになると、ペニー夫人はますますデューンを疎ましく思うようになる。バレエ教師たちが、クリスタルに伴って来る弟デューンに目をかけるような機会が度重なると、ペニー夫人はデューンに向かって、「おまえの嫌なところは、人のところに虫のようにもぐりこんでいって、みんなに好かれようとすることよ」(p. 122)と言う。自分の思惑に反して、娘以外の者が「先生のお気に入り」になることに対する怒りと毛嫌いの感情が、"worm your way into"(虫のようにもぐりこむ／うまく取り入る)という表現に滲み出ている。

デューンが、耳で聴き覚えたピアノ曲をハーモニカで吹くという特技を持っていることを知ったとき、長男ウィルは、デューンに音楽のレッスンを受けさせるべきだと進言する。父は経済的余裕がないと言う。では、なぜクリスタルにばかり金を使うのかと問い返すと、母は「家族のなかに本物の才能のある子がいたら、ほかの子は我慢しなければならない」(p. 39)と答えるのである。

ペニー夫人は、なぜこのような偏った考え方をする母親になったのだろうか。結婚前のペニー夫人の過去については、作品ではわずかしか触れられていない。大おばのアデレイドがショー・ガールだったこと。自分も大おばが出演していたのと同系列の劇場でダンサーをやっていたこと。しかし、ペニー夫人は、大おばや自分のやっていたダンスは下品なものだと見下していた。「私はバレエを習うべきだった。やればできたはず」というのが、ペニー夫人の言い分だ。ペニー夫人は、アデレイド大おばの形見のエメラルドのネックレスを大切にしている。これは、大おばがかつてファンからもらったというエドワード王朝時代の逸物で、ペニー夫人にとっては自分の「血統の証明」(pp. 44–45)のようなものでもあった。両親に関する言及がないことから、もしかしたら大おばに育てられ、同じ道に進むことになったという経緯があったのかもしれない。

いずれにせよ、ペニー夫人にとっては親よりもアデレイド大おばとのつながりのほうが強かったのだろう。《自分は恵まれない境遇だったために憧れのバレリーナになれなかった》ということが、彼女のなかでスキーマ〔心理学用語で、世界を認知したり外界に働きかけたりするさいの土台となる内的な枠組みを指す〕と化したのではないかと推測できる。

そんなペニー夫人にとっての憧れの頂点は、プリマ・バレリーナだった。彼女は自分が果たせなかった夢を娘クリスタルに託し、娘をとおして自己実現しようとすることに、執念を傾けるのだ。一見、平凡な母親が犯しがちな浅はかな過ちのようにも見える。しかし、娘を自己投影の対象としてしまうのは、それだけ自己愛が強く、欠乏感が大きいことの表れでもある。それは、強固な自我意識とプライドを持ち、過去への恨みに執着するジェイン・エアのような女性が母となったときに陥りがちな錯誤、としての側面もあると言えるかもしれない。

他方、ペニー夫人は、ジェイン・エアが母親になったときに、絶対にやりそうもないことをしている。彼女は子どもの価値に優劣をつけ、選ばれたひとりの子ども以外は、自分にとって無意味な存在だと考える。クリスタルより先に生まれてきた男の子たちには、しぶしぶ既得権を認めざるをえないものの、クリスタルよりあとに生まれてきたデューンは、まったく価値のない存在として扱い、養育の義務さえも放棄する。長女のみを尊ぶペニー夫人にとって、長女以外は男女を問わず「余計な存在」なのである。

『ジェイン・エア』において、ジェインは子ども時代を回想し、伯母リード夫人によって自分の人権を無視されたことを糾弾する。ジェインはその差別に対して、全霊をかけて反撃したのだった。だから、自ら疎外された子どもの悲しみを知っているジェインなら、少なくともきょうだいの分け隔てなく人権を尊重するにちがいない。

行き過ぎた願望の果て

華やかな舞台で大成功をおさめるよりも、人間としてもっと大切なことがあるということを、ペニー夫人は娘クリスタルに教えなかった。ペニー夫人はバレリーナになるための職業教育しかせず、人間教育を怠ったせいで、子どもの人間性を歪ませてしまう。こうして、結果的には、クリスタルを不幸にするという皮肉な結果を招いてしまうのである。

わがままに育てられたクリスタルは、利己的な人間になり、家族を軽んじる。弟デューンが自分と同じバレエの道を歩み始めるようになると、彼女は嫉妬して意地悪を重ねる。父のペニー氏さえも、自分がクリスタルにプレゼントしたブローチを、娘が勝手にイヤリングと交換したときから、娘が手に負えなくなったと感じるようになる。

そしてクリスタルは、次第に母に対する軽蔑を露にするようになっていく。母がバレエのことを口にすると、クリスタルは苛立《いらだ》ち、「お母さんは何もわかっていない」と嘲る。クリスタルの尊大な言葉に傷ついたペニー夫人は、衣装戸棚を覗き、自分がこれまで娘のために心をこめて作ったドレスを眺めながら涙を流し、「綺麗なものはすべて、舞台照明も花も拍手も、自分にわかる音楽も、消えてしまったように感じた」(p. 101) こともある。このような感傷的傾向からも、ペニー夫人がいかに娘に依存しているかがうかがわれる。

クリスタルは、王室バレエ学校からクリスマス休暇で帰って来たときにも、家族と過ごすより、ダンスショーに出ている年上の金持ちの友人バレリーの下宿で過ごすことを望む。クリスタルといっしょに劇場に行ってパントマイムを見ることを楽しみにしていた母が、ミュージカルのチケットに換えようと申し出ると、クリスタルは、「お母さんはミュージカルのことなど何も知らないでしょ。お母さんは何のことも、何もわかっていない。バレリーはプロなのよ」(pp. 234–235) と畳み掛けるように言う。親の無知に対して、子どもがプロ意識をむき出しにするという悲しい情景が、ここにも見られる。

クリスタルは、コンテストで惨憺たる結果となり名誉を汚されたという苦い経験以来、母に当たり散らすようになる。バレリーナへの道の険しさに思い悩み、次のように母親を残酷になじったこともあった。

「私はお母さんから下品な血を受け継いでしまったのよ。ああ、汚れのない血だったらよかったのに……どうして私はお母さんの子にならなきゃならなかったの？　どうしてシェリン夫人の子じゃないのかしら？……ルースには汚点がない。清らかなルース！」

(pp. 241-242)

ルースは、掃除婦シェリン夫人の娘で、クリスタルのライバルである。クリスタルは、ルースが貧乏であることをばかにしていたのだが、シェリン夫人がかつてバレエ教師だったことを知ると、手の平を返したようにルースを羨むようになるのだ。母親を否定し運命を呪《のろ》う娘のこの言葉に、ペニー夫人は衝撃を受ける。

デューンが慕っていた年上の学友チャールズが、父の跡を継いで陸軍に入るために王室バレエ学校をやめたのち、デューンをパリにある実家、イングラム家の屋敷に招いたことがあった。このときクリスタルが、デューンだけ行くのは不公平だと言って妬んだため、ペニー夫人は娘もパリに行かせてやろうと、旅行会社のツアーに参加する計画を立てる。するとクリスタルは、

「団体旅行でお母さんとパリに行くなんて！　デューンはお抱え運転手付きの自家用車で行って、パリの大使館付き武官のすばらしい屋敷に泊まって、フランスの上流階級の人たちに会うっていうのに。お母さんたち、頭がおかしいんじゃないの！」(p. 276)と激高する。母親の思いやりを踏みにじるクリスタルの心理には、自分に対する親の甘やかしと同情への苛立ちが交じっているようにも見える。

母としての苦渋

娘を溺愛するペニー夫人は、なぜこのようなしっぺ返しに遭うことになったのだろうか。次に、その理由について考えてみたい。

のちにデューンは、亡くなったピアニストのフェリックス氏から、スタインウェイのグランドピアノを譲り受けることになるが、ペニー家にはこの大型ピアノを置く適当な部屋がなかった。そのとき長男ウィルは、クリスタルの広い部屋をデューンの練習室にして、クリスタルには以前の自分の部屋と交換させればよいと提案する。ペニー夫人にとって、クリスタルよりもデューンを優先するのは、耐えがたいことだった。「あんたたちみんなで、クリスタルを私から遠ざけようとしている」と嘆く母に対して、ウィルは、クリスタルを遠ざけているのは、

2人の娘の母ゴッテン(1949年, バッキンガムシャーの家で)

「お母さんが始めさせたバレエ」(p. 339)なのだと言い聞かせる。バレエという職業、そしてそれに対する母親の執着こそ、子どもを真の人間として教育することの妨げとなっていることを、ウィルはいみじくも指摘しているのである。

ペニー氏も、デューンが自分の意志でダンサーになることを決め、王室バレエ学校の試験に合格したとき、妻に向かってこう言う。「おまえは、クリスタルには、自分の将来を選ばせなかった。その道へとどんどん引っ張っていったんだ」(pp. 193–194)。ペニー氏はここで、クリスタルの夢は、自分から自然に湧き出たものではなく、母から移植されたものであることを指摘している。クリスタル自身も、「時々、何もかもあきあきすることがある」(p. 128)と漏らしている。彼女が時として悪友バレリーと町に繰り出したがるのは、その息苦しさから逃げ出すためなのかもしれない。

ペニー夫人の思惑は、こうだったのだろう――《自分は機会に恵まれなかったために夢が果たせなかった。だから、自分の娘には財力の限りを尽くして、存分に豊かな環境を与えてやろう。そうすれば、娘はきっと晴れ舞台で大成功するだろう》と。ところが、そこには誤算があった。すべて条件が揃い、準備され、親から期待されるという圧力のもとでは、子ども自身の夢が育たず、自分で道を決めるという決定的な要因が欠けてしまう。つまり、夢は欠乏状態のなかで自ら育むものであり、期待する親がかえって邪魔な存在になるというパラドックスが生じるのだ。したがって、ペニー夫人の物語は、見捨てられた不遇な子どものほうがかえって成功するという、皮肉な物語でもある。

とはいえ、この物語の結末で、ペニー夫人の夢はかなう。クリスタルが『くるみ割り人形』の花形、クララを演じることになるのだ。王子役の高名なダンサー、ユリ・コゾルスと手を取り合ってクリスタルが踊っているのを目にしたとき、ペニー夫人の喜びは頂点に達する。歓声がいつまでもやまず、幕の間からクリスタルが出てきたとき、「お母さんの盃は満たされた」(p. 357)のである。

あとでも詳しく述べるが、この晴れ舞台に至るまでに、クリスタルがまさに死の瀬戸際まで追い詰められる経験をしたということを、ペニー夫人は知らない。母娘ともに実に重い代償を払って、娘は成長の一歩を踏み出すことができたのだった。だから、〈母としてのジェイン・

エア〉は、苦難を経て自己実現を達成したのだとも解釈できるし、こののち娘が母への愛を回復する可能性がないとも言い切れない。さまざまな読みを誘う余韻の残る「エピローグ」だと言えるだろう。

3　シンデレラ少年の物語

親から軽視された子ども

デューンは、先にも述べたとおり、母親に望まれず生まれてきた、末っ子の男の子である。そのうえ、ほかの子どもたちよりも器量が劣っているために疎まれ、孤児同然のネグレクト状態で育った点で、ジェイン・エアと共通性がある。薄幸の幼年時代を送る少年という点では、ディケンズの『オリヴァー・ツイスト』(*Oliver Twist*, 1838)、『デイヴィッド・コパフィールド』(*David Copperfield*, 1849–50)、『大いなる遺産』(*Great Expectations*, 1860–61)などの主人公たちとも、かすかに面影が重なる。

赤ん坊のデューンに愛情をかけ、世話をしたのは、店の使用人で元アクロバットのベッポーだけだった。幼児期になると、デューンはクリスタルのバレエのレッスンについて行って見物するうちに、バレエに魅了されるようになる。バレエを習わせてもらえないデューンを哀れんだベッポーは、デューンに自分の得意のハーモニカの吹き方と、ブランコを使ったアクロバットの技を教え、毎日仕込んでやった。こうして、結果的にベッポーは、早期教育によりデューンに音楽の才能と、身体をしなやかに自在に動かす基礎を与えたのだった。

やがて、ベッポーとの別れのときが突然やって来る。ある日、ペッポーの曲芸を見かけたクリスタルに、自分にも教えてほしいと頼まれ、ベッポーはしぶしぶ教える。その場を目撃したペニー夫人は、クリスタルに傷がつくと激高し、即刻ベッポーを店から追い出したのである。

ベッポーが去っていったあと、取り残されたデューンはベッポーを恋しがり、もはやこの世に自分のことを大切に思ってくれる人が誰もいないという孤独感を味わう。しかし、「毎日練習するように」と言い残していったベッポーの言葉に従って、デューンはハーモニカとアクロバット芸の練習を続ける。その二つが、デューンにとってかけがえのない大切なものとなるが、彼はそのことを自分の胸にだけしまっておく。このときから、デューンは幼児期を終え、少年に成長したと言えるだろう。

デューンはクリスタルが通うマダム・タマラのバレエ学校について行って見学するうちに、バレエを覚え、ベッドの手すりをバー代わりにして練習するようになる。そして、レッスン教室の外の廊下で音楽を聞きながら、掃除婦のシェリン夫人――彼女は元ダンサーだったが、足首を痛めたために踊れなくなった女性だった――に教えてもらって基礎練習をするようになる。また、年老いたピアニストのフェリックス氏は、長年バレエ教室で伴奏をしてきた経験から、デューンのなかにバレエを深く理解する能力が潜んでいることを、逸早く見抜く。デューンは、フェリックス氏を慕い、彼が弾くピアノ曲をハーモニカで吹けるようになる。

芸術祭でバレエコンテストが開催されたさい、クリスタルやルースが出場し、あるハプニングから、二人が踊る演目『道化芝居』で、デューンが道化《クラウン》の代役を務めることになる。デューンは、まだ六歳で出場資格がなかったのだが、舞台でハーモニカ演奏を披露して、一座の注目を集める。他方クリスタルは、際立った才能を発揮しつつも、その踊りに過剰な自意識が表れていることが危惧され、最下位の判定を下される。

審査員長の紹介により、ロンドンでバレエ学校を開いている有名なダンス教師エニス・グリンの生徒になる道が、クリスタルには開かれる。しかしそれは、弟デューンをレッスン料なしでいっしょに教えるという条件をエニス・グリンが出し、ペニー夫人がしぶしぶ認めた結果であった。こうしてデューンは、父親ペニー氏には内緒で、バレエを本格的に習うチャンスをつかむのである。

グリン先生の学校でもピアニストを務めていたフェリックス氏は、デューンがバレエを習い始めたことをきっかけに、自分の家でデューンにピアノのレッスンを始めてやるようになる。

シンデレラ少年物語の新しい要素

このように、おとなしくしていても、デューンの目の前には次々と道が開かれていく。デューンは辛い思いをすることがあっても、自分を虐げる者たちを恨んだり、歯向かったりすることはない。だから、幼いころのデューンは、気性の激しい〈ジェイン・エア〉の同類というよりも、むしろ従順な〈シンデレラ〉に近い存在だと言えるだろう。

愛情の薄い母親、意地悪な姉の存在に加え、父親が無力であることも、シンデレラの置かれた状況と似ている。父親ペニー氏は、妻の凄まじい意気込みには逆らうことができない。ペニー氏自身も、デューンには「ふつうの男の子」になってほしいと願っていたため、息子のバレエへの憧れを理解することができなかったのだ。父親に隠れてデューンがバレエを習っていることを、クリスタルの告げ口によって知ったとき、ペニー氏は怒って、デューンにバレエをやめさせる。しかし結局、グリン先生の計らいで、ペニー氏はデューンが踊っている姿を陰から見る機会を得て、息子が天才的な素質を持つことを初めて知り、以後、息子にチャンスを与えてやろうと決意する。こうして、無力な父は、途中からシンデレラ少年の味方につくようになるのである。
しかし、デューンの物語には、たんなる〈シンデレラ〉の少年版とは言い切れない側面がいくつかある。第一に、幸運をもたらす原因がシンデレラ物語とは異なる。グリン先生にダンスを教えてもらうことになったデューンが、それまでダンスの手ほどきをしてくれたシェリン夫人を訪ねたとき、シェリン夫人は、次のようにデューンに言う。

「もしロイヤル劇場で見たダンサーのようになりたいのだったら、あなたの踊りが連れていってくれるところへ行かなければならないわ。どんなチャンスも逃さないでね。そうすれば、どんどん上達するわ」(p. 95)

この言葉は、デューン自身の「踊り」の才能と練習の成果が、彼を「連れていく」のだということを示している。それは、デューンの物語が、シンデレラの「美しい顔」や「小さな足」に代わる要素、すなわち、「秘められた才能」が発見されることによって道が開けるという、新しいストーリーであることを暗示していると言えるだろう。

また、デューンには、少年時代にただ一度、母と二人きりで過ごした楽しい思い出があった。それは、ロイヤル劇場のチケットが二枚手に入ったとき、クリスタルがほかの予定を優先させたため、ペニー夫人がやむなくデューンを連れて、劇場へ行ったという出来事である。ペニー夫人が、夢にまで思い描いた劇場風景を見て感嘆する一方で、薔薇《ばら》の精を演じる男性のダンサー、ユリ・コゾルスのバレエを見たデューンは、「骨の髄まで感動する」(p. 49)。

このとき、ペニー夫人は、薔薇の精と踊る少女役をいつかクリスタルが演じることを、デューンは自分が薔薇の精になることを、それぞれ夢見ていた。しかし、それは母子の心が解け合った初めての経験だった。ペニー夫人は、われ知らず、幼い日のデューンに、バレエの世界への夢を育む機会を与えたのである。娘に対するような押し付けでなかったからこそ、デューンの心には、それが至福の思い出として刻み込まれたのだ。このエピソードは、シンデレラ少年の物語に、深い味わいを伴う新たな要素を付け加えていると言えるだろう。

シンデレラ少年からの脱出

デューンの周囲には、いつも誰か味方がいる。先にも見たとおり、ベッポーに続いて、フェリックス氏がゴッドファーザー的な存在となる。フェリックス氏は、早期にデューンの才能を見出し、ピアノをとおしてデューンに音楽を教え、練習する機会を与えてくれたばかりではない。デューンが父に禁じられてピアノのレッスンを休んでいる間に、フェリックス氏は病死するが、ずっとあとになって、彼がスタインウェイのグランドピアノをデューンに譲るという遺言を残していたことがわかるのである。

また、元ダンサーのシェリン夫人に続いて、クリスタルのバレエ教師エニス・グリンも、デューンにとってゴッドマザー的な役割を果たす。グリン先生は、デューンの才能を見出し、理解のない母親、のちには父親をも説得して、デューンにバレエを習わせるようにと熱心に勧めてくれたのだった。

このように、デューンのもとに次々と「代父母たち」が奇跡的に現れたということは、シンデレラにとっての「フェアリー・ゴッドマザー」の出現と趣が似ている。親切な彼らは、まさに魔法のごとく、デューンを困窮状態から救い出してくれたからである。

しかし、これらの「代父母たち」が「教師」であり、デューンとの間に師弟関係が形成されていたことに着目したい。天才を秘めた生徒というのは、教師にとっての夢でもある。だから教師たちは、そうした「選ばれた子ども」を放ってはおけなくなる。たとえ金銭的報酬がなくとも、喜んで教えたいという思いに駆られるというのは、まったく非現実的な話とも言い切れない。そういう意味では、本格的な学校生活に入る前も後も、デューンの歩んだバレエへの道は、連続的につながっていたと言える。「教育」によってキャリアへの道が開かれるという要素は、〈シンデレラ〉物語よりも、〈ジェイン・エア〉の物語と共通性を含んでいると言えるだろう。

もう一点、デューンの物語がシンデレラよりもジェイン・エアに接近している点がある。それは、デューンの自我の目覚めが作品に描き込まれていることだ。父からバレエや音楽を習うことを禁じられ、すべてを奪われて絶望したとき、間もなく九歳になるデューンは、「自分にとって生きるということは、父が禁じた踊りと音楽のなかにある」ことを自覚する。「ぼくは、自分で自分の道を切り開いていかなければならない」(p. 144)と、そのとき彼は自分に向かって言うのだ。

デューンは父との約束を破って、フェリックス氏の家にピアノを弾きに行く。

> ピアノに触れた瞬間、デューンは、音楽のなかった長い日々が、何を意味していたのかがわかった。あたかも自分は、網に掛かって身動きのできない蝶のようなものだった。いま自由になって、自分は羽をはばたかせ、飛んでいこうとしているのだ。(p. 145)

こうして自我に目覚めたデューンは、父の店の金庫から電車賃を借り出し、金額と「有名になったら返します」と記した借用書を残して、ふたたびグリン先生のレッスンに通うようになった。息子が金を盗んだと思い込んだペニー氏が、鞭で仕置をすると、デューンはグリン先生に事情を訴え、それからはピアノ伴奏をして給金をもらいながら、バレエを続けるようになる。そのあと、グリン先生がペニー氏を説得するという経緯へとつながるのだ。

この箇所は、デューンが自我に目覚め、他者に逆らってでも我が道を行こうと一歩を踏み出したことを示している。それは、自分を抑圧する他者に対する静かな抵抗であった。リード夫人と対決したジェイン・エアほど激烈な戦いではなかったが、デューンもまた、たんなる受け身のシンデレラ少年であることを拒んだのである。

デューンにとっての「我が家」とは何か

デューンは一一歳になると、姉クリスタルと同じく、王室バレエ学校を受験して合格し、奨学金を得て学校教育を受けるようになる。「王室御猟場《クイーンズチェス》」と呼ばれるこの寄宿学校に来たとき、「デューンは本来、自分の属するべき居場所に帰って来たような気がした。まるで、自分が継承権のある王国に、若い王子のひとりとしてやって来たような感じだった」(p. 197) とある。たくさんの少年たちとともに厳しい修練に励む生活のなかでも、デューンは、「ようやく家に帰り着き、本当の我が家にいる気分になり、もう二度と寂しい思いをしなくてもいいというような、満ち足りた安らかな気持ちになれた」(p. 201) のだ。ここには、「我が家」とは何かという、『赤毛のアン』におけるテーマのヴァリエーションが見られる。それは、自分を愛し認め尊重してくれる人々のいる場所、つまり、自分の本来の居場所ということである。デューンにとって、それが両親のいる家でなかったことは、皮肉である。

それ以降の学校生活では、デューンは実技の成績で評価される世界に生きるようになる。彼はさらに幸運な機会に恵まれるが、それらはもはや魔法ではなく、熾烈な競争によって勝ち取られた結果だった。バレエの世界がいかに厳しいものであるかは、試練に苦しむ姉クリスタルをとおして、よりリアルに描かれることになる。しかし、皮肉にもデューンのほうは、もはや親から邪魔されることのないバレエの王国でこそ、正統な「王子」となり得たのだった。

「エピローグ」では、ユリ・コゾルスの『レダと白鳥』がエリザベス女王の臨席のもとで演じられる。ペニー夫妻も正装して出かけ、昔の教師マダム・タマラもベッポーもやって来る。クリスタルも、ほかの一〇〇人の女生徒のなかのひとりとして桟敷席で見物する。デューンはユリとともに出演し、拍手喝采を浴びて、女王に謁見する。この華やかな「エピローグ」は、シンデレラが民衆に祝福されながら、宮殿に迎えられる結末の情景と雰囲気が似ているようだ。

4 「意地悪な姉」の再生の物語

いかに歪んでいくか

母親から夢を託され、恵まれた環境のなかでお姫様のように育った娘クリスタルは、美人で才能に恵まれながらも、わがままで、他人に対する思いやりがない。負けず嫌いな彼女は、ライバルのルースへの競争心や、弟への嫉妬によって、次第に人間的に歪んでいく。

ルース・シェリンは、クリスタルがマダム・タマラの教室でバレエを習い始めたときからのライバルだった。まだ年齢的に早い時期からトウシューズを履いていたクリスタルは、ぼろぼろの靴を履いているルースに向かって、家が貧乏だからトウシューズを買ってもらえないのだろうと言ってばかにする。そこで、怒ったルースが足を振り上げてクリスタルに怪我をさせるという騒ぎへと発展したこともあり、二人は犬猿の仲だった。

クリスタルとルースは、八歳のときバレエコンテストに出場する。ルースの踊りの途中で、フェリックス氏の腕の上にピアノの蓋が落ちてきたために、踊りが中断されるという事故が起きる。このときもクリスタルは、他人の災難に同情せず、自分の出番のことばかり考え、自分の美しさが称賛されることしか頭にない。結局、コンテストの判定では、災難にもかかわらず落ち着きを取り戻して踊ったルースのほうが、傲慢なクリスタルよりも、高く評価される結果となった。

クリスタルとルースが同じ王室バレエ学校に入ったあとも、二人は口をきくこともなく、ライバル関係が続く。ルースのほうから、「私たちは同じ学校にいて同じ授業に出ているのだし、いつかは同じバレエ団に入るかもしれないから、いつまでも憎み合っているわけにはいかない」(p. 245)と和解を申し出ても、クリスタルは拒絶するのだった。

クリスタルは弟に対しても、執拗ないじめを続ける。デューンは、王室バレエ学校に入学して間もなく、ロイヤル劇場に出場して『ドリーム』で取り替え子の役をもらうことになり、注目を浴びる。これに嫉妬したクリスタルは、デューンは取り替え子だから、役にぴったりだと言って、弟にショックを与える。デューンだけ兄姉と似ていないのも、デューンが取り替え子だからで、「お母さんはあんたが自分の子でないから、ベッポーに世話をさせた」と吹き込み、誰にも「家族の秘密」を話してはならないと口止めする(pp. 211-212)。クリスタルの言葉を信じたデューンは、衝撃のあまり、練習のとき身動きができなくなり、役を降りる。結局、クリスタルの仕業が発覚したため、クリスタルを退学にすべきだと言う声も出たが、「ああいう子が最後には成功する」(p. 222)と、彼女の見どころを評価する教師もいた。

ちなみに、この出来事をとおしてデューンは、せっかくもらった役を放棄し、チャンスを失ったことを後悔する。袖から舞台を見ながら、「誰に何を言われ、何をされても、たとえ誰かが死んでも、ぼくはバレエをやめない」(p. 219)と、心のなかで叫ぶ。結果的にはこの出来事も、先の項で述べたとおり、デューンがおとなしいシンデレラ少年を脱して、自我を確立するきっかけのひとつとなるのである。

父の八百屋の商売が、スーパーマーケットとの競合に負けて傾きかけたときには、クリスタルは、家計が苦しいから、二人も王室バレエ学校には行かせられない、二人のうちどちらかがやめなければならない、とデューンに言う。「あんたがやめるようにと言われる前に、自分からやめたいと言えば、お父さんも私もみんな、どんなにほっとするかしれない」と彼女は弟に迫る。そういう行動を取ることは、「王子様のように気高い」(p. 229)と姉に促されても、デューンはバレエをやめようとしなかった。

後々まで、このことを気に病むようになったデューンが、自分に目をかけてくれている知り合いの男爵夫人に悩みを打ち明けると、男爵夫人は、王室バレエ学校にはお金がかからないことを説明し、「クリスタルは、悪魔のような子ね」(p. 248) と感想を漏らす。実際クリスタルは、他人を陥れるための悪知恵に長けている点で、悪魔的な人間へと歪んでいくのである。

良心の目覚め

しかし、クリスタルの歪んだ行為のなかにも、時おり彼女の良心の目覚めが垣間見られる出来事がいくつかある。

たとえば、クリスタルが、デューンのバレエの出番が自分よりも多いことを妬み、音楽のテープ録音を密かに消すという出来事がある。クリスタルの目論見どおり、オーケストラ演奏の録音が消えていることが本番の前日にわかり、デューンのピアノ伴奏で代行されることになった結果、デューンはバレエの出番をひとつ失う。こうしてクリスタルの悪巧みは成功するが、録音を消した犯人が誰かということが問題になったとき、デューンに嫌疑がかかることになる。デューンが自分のピアノ演奏を披露するためにやったのだと主張する寮母ミス・トンプソンに向かって、クリスタルは「弟がそんなことをするはずがないわ！　弟にかぎって、ありえないわ！　よくもそんなことを言ったわね！」(p. 266) と挑みかかり、怒りを爆発させる。クリスタルのなかにも、良心の呵責や弟への愛情の片鱗が潜んでいることが、ここからうかがわれる。

一連の過程を見ていた主任教師のミセス・チャレネから、心の内を見抜かれたクリスタルは、真相を打ち明ける。チャレネ先生が、「そろそろこういうばかばかしいことはみなやめにして、デューンはデューンの道を歩むことにさせ、もっと大事なのは、クリスタルはクリスタルの道を歩むということが、できないかしら?」と諭す。そうすることを約束したクリスタルは、「心が新たに軽くなったような気がして、まるで、きつすぎる皮を脱ぎ捨てたか、硬い殻を破って未来へと飛び出したかのように感じた」(p. 269)のである。

クリスタルがしばしば母親に辛く当たることについては、先に述べたとおりだが、母親に対する彼女の感情に、屈折した思いが含まれていることも、垣間見られる。一例を挙げてみよう。休暇中、姉弟が寄宿学校から実家に帰っていたとき、ユリ・コゾルスのドキュメント番組が作られることになり、ユリの子ども時代の役にデューンが抜擢されたとの知らせが入る。自分にかかってきた電話かと期待したクリスタルは、いつもデューンばかりが中心になり、自分は憧れのユリに会えないと絶望する。

クリスタルの元気のない様子を心配したペニー夫人は、スイスで行われるユリのサマー・スクールに娘が参加できるように、アデレイド大おばからもらったエメラルドのネックレスを売る。エメラルドを失うことは、ペニー夫人にとっては、大おばとのつながりを、自分の資格もろとも失ってしまうような、身を切られるほど辛いことだった。母のこの犠牲的行為に対して、クリスタルは「お母さんみたいな人はいない……私はお母さんの期待を決して裏切らないわ」(p. 298)と涙ながらに言う。それは嬉しさのあまり口走った一時的な気紛れの言葉だったかもしれないが、クリスタルが内心、重圧に耐えつつ、母の期待を受けて立とうとしているさまも、ここから見て取れる。

このように、クリスタルの歪んだ心のなかでは、家族への愛憎が表裏一体になっているさまがうかがわれるのである。

失恋と再生

クリスタルを大きく変えたのは、失恋の経験だった。有名なダンサーで振り付け師でもあるユリ・コゾルスが王室バレエ学校に審査員としてやって来たとき、彼を一目見て、クリスタルは一変する。

ユリ・コゾルスを見たことは、クリスタルの視界を大きく広げた。それは、恨みなどよりもずっと大きな世界だった。いまになって初めて浮かんできた恨みという言葉に、彼女はたじろいだ。恨みや妬みなど、いまは取るに足りないことに思えた。どうして私は、そんなことにかまってきたのかしら、とクリスタルは思った。(pp. 262-263)

ユリ・コゾルスが高名なバレリーナであるアンシア・ディーンと親しく話しているのを見ると、クリスタルは、世界中の誰よりもアンシアを羨ましいと思う。クリスタルはバレエの天才ユリへの憧れと同時に、大人の男性への初恋を経験したのである。

ユリが中等部の生徒たちのための新作バレエを企画し、彼自らが生徒たちのコーチをし、出演者の予備選抜審査をすることになる。ルースとともに出演者のひとりに選ばれたクリスタルは、指導中にユリの手に触れられたり、彼から微笑みや優しい言葉をかけられたりすると、夢見心地になるのだった。

発表会が終わったあと、クリスタルにふたたびチャンスが訪れる。今度は、ユリがロイヤル劇場におけるバレエ団のクリスマス公演で、『くるみ割り人形』を演出し、先の発表会に出演した生徒たちを起用することになったのだ。ハンサムな王子に変身するくるみ割り人形の役はユリが演じ、相手役の少女クララを演じる候補は、クリスタルとルース、そして、バリーナという少女の三人に絞られる。クリスタルは、「私をクララ役に選んでくださるのでしょうか?」とユリに尋ね、優しくキスされてのぼせ上がる。自信満々で配役の掲示を見に行ったクリスタルは、クララ役はルースで、自分はねずみ役であることを知る。

衝撃を受けたクリスタルは、すぐさま友人のバレリーの家を訪ねて行き、酒を飲んだり遊びに出かけたりして憂さ晴らしする。バレリーが、劇場の仕事を紹介してくれるエージェントに連れて行こうと申し出ると、クリスタルは、まだ一六歳になっていない自分には、許可証がいると言う。「一五歳は若すぎて、しかも年を取りすぎていて、ひどい年ね」(p. 325)と言うクリスタルの嘆きには、自分がまだ大人になりきっていないことのもどかしさと同時に、バレエの世界で成功する見込みがないかもしれないという挫折感がこめられているようにも響く。

医者の娘バレリーは、棚からこっそり薬を盗み出し、それを売って小遣いにしていた。バレリーから薬を分けてもらったクリスタルは、二粒飲めば死ぬという劇薬を手に、次のような思いに駆られる。

「この薬が何もかも終わらせてくれる。私はもうどこにも行く必要がなくなり、もう何も感じなくなるのだわ。デューンは私が気にしなくたって、ひとりでも有名になれるだろう……ルースがクララを踊っても、私はかまわない。ユリは？　ユリは残念がるだろうけれども、わかってくれるだろうか？……少なくともお母さんは、私がねずみ役をやることを知らずにすむのだわ」(pp. 331-332)

この途中でクリスタルは、「デューンの信じきったように自分のほうを見つめるはしばみ色の目」を思い浮かべる。クリスタルの心の底に、弟への愛情と、命を捨てても母を失望させたくないという思いが潜んでいることが、ここから垣間見られる。

バレリーから近くの高級住宅街にユリ・コゾルスが住んでいるという情報を耳にしたクリスタルは、死ぬ前にユリの家に行こうと思い立つ。ところが、玄関に姿を現した先客のアンシア・ディーンが、庭の人影に気づいて、愛人のところへ押しかけてきた「ばかな娘」を、追い払おうとする。そこへ現れ、ともに猫を追い払うような仕草を見せたユリの姿を目にして、クリスタルは咄嗟に駅へと走り、電車に乗り込む。

電車のなかでクリスタルは、残酷なユリのために死ぬのはばかばかしいこと、自分が帰るべきところはバレエ学校だということを悟る。彼女の思いは次のように語られている。

自分に何が起こったのだろうかと、クリスタルは問いかけた。不思議なことに、もし自分が死んでしまっていたらと思うと、ルースのことは気にならなくなっていた。デューンが自分よりも才能があることにも、妬みを感じなかった。なかのひとりのダンサーとして踊りたいと、謙虚に思えた。きっと今日私のなかの一部が死んでしまったのだわ、薬のせいではなくて、自分の身に起きたことのために。きっと新しい自分、新しい決意が生まれたのだ。私はどんなことがあっても、戻って行こうと、クリスタルは思った。(pp. 343-344)

こうして、「意地悪な姉」クリスタルは、手痛い失恋をきっかけに、最後に目覚めて、自らの生きるべき道を発見して再生するに至ったのである。

学校に戻ったクリスタルは、ルースが病気になって自分がクララの代役をやることになったことを知って愕然とするが、「王室御猟場では、生徒は言われたとおりに踊らなければならない」(p. 353)というチャレネ先生の言葉に従う。

舞台の上演が終わり、最後に幕が上がって、ユリとアンシアとともに前に進み出て微笑みながらお辞儀をしたとき、「クリスタルがそのためにどれだけの犠牲を払ったか」(p. 356)を知る者はいなかった。そのあとクリスタルは、アンシアもユリに捨てられたという噂を耳にする。

ユリは、多くの女性たちを魅了する「王子」のような存在であると同時に、誘惑した女性たちを次々と捨てる「青髭」的な男性でもあったのだ。

以上のように、この作品は、「意地悪な姉」の生き方を克明にたどっている。いわば、シンデレラの姉がのちに反省して、まっとうに生きる道を発見するという物語でもあるのだ。成功者の陰には、挫折を乗り越えて生きていく多くのクリスタルのような存在があること。これが、〈シンデレラ〉が消えた先に生まれた新しい物語のひとつの形ではないだろうか。

職業獲得への道を歩む子どもたち

初めにも述べたとおり、この作品のタイトルは、「木曜日の子どもの道は遠い」というマザーグースの詩句から引かれている。したがって、「木曜日の子ども」とは、芸術の道に進む子どもたちの厳しい運命を暗示する。しかし、道の遠さは、ただ厳しい修練だけを意味しているのではない。芸術の道は、性差を超え、階級をも超えて開かれた世界でもある。そういう意味では、この作品は〈シンデレラ〉の古い因習を打ち破った、現代におけるサクセス・ストーリーとも言えるだろう。

しかし、デューンだけが勝利者だというわけではない。クリスタルも敗者でなく、彼女なりの曲がりくねった道を歩みとおしたのだ。チャレネ先生がクリスタルに言ったとおり、「デューンはデューンの道を……クリスタルはクリスタルの道を歩」んだのである。では、最後に、もうひとりの「木曜日の子ども」であるルースについて、付け加えておこう。

クララ役の獲得に向けて励んでいたころ、ルースが授業で書いた「閉ざされたドア」という題の作文を読んで、チャレネ先生とマッケンジー先生が語り合う箇所がある。それは、こんな内容だった――彼女は荒れ狂う嵐のなか、ドアを開けたら向こうに何があるのかと思う。ところがドアを開けると、何もなく、嵐が荒れ狂うばかり。そこにはまた、次なるドアがある。ドアの向こうからは、音楽と笑い声、拍手が聞こえるが、ドアは開かない。彼女は、嵐に打たれ続け、ドアの向こうがどんなところかが永遠にわからないまま、自分が締め出されていることを知る(pp. 313-315)。

教師たちは、この謎めいた作文から、ルースを締め出しているのは、彼女自身なのだろうと読み解く。結局ルースは、クララ役に選ばれたにもかかわらず、神経過敏による病気で出場できなくなり、王室バレエ学校をやめる。別れの前に、ルースはクリスタルに向かって、次のように言う。

「一八歳になったら、私は師範科に進むわ。私は自分が踊るより、人を踊らせることのほうが向いているとわかったの。いつか運がよかったら、私は振り付け師になるわ。クリスタル、あなたは、学校を出たらすぐにバレエ団に入れるわ……すぐにソロを踊るようになって、有名なプリマになるわ」(pp. 356–357)

ルースは結局、才能があるにもかかわらず、精神的に負けてしまうという不適性ゆえに、バレリーナになることを断念して、振り付け師へ転向する道を選ぶのである。そして、これまでのライバルだったクリスタルを祝福し、励ますことのできる人間へと成長したのだ。ルースもまた、挫折を経て、自分の適性を見出すまでの遠い道を歩む、もうひとりの女主人公と言えるだろう。

以上見てきたとおり、『木曜日の子どもたち』は、少年少女を含めて、複数の子どもたちが、それぞれ自分の持てる能力を活かし、自分で道を切り開きながら、いかに自分の夢を実現させていくかをテーマとした、成長の物語である。したがって、〈シンデレラ〉を反転しつつ変容させた物語として、『ジェイン・エア』の系譜上に位置づけられると同時に、ジェンダーを超えた子どもの物語の可能性を示した作品であると言えるだろう。

終　章

変わりゆく物語

――「ジェイン・エア・シンドローム」のゆくえ

エリナー・ファージョン『本の小部屋』のエドワード・アーディゾーニによる挿絵(1955年)

1　変貌する「シンデレラ物語」——ディズニー映画と現代

プリンセス・ストーリーの改造

プリンセス・ストーリーは、今世紀に入ってもなお、社会に浸透し続けている。このことを、若桑みどりがいまから二〇年ほど前、ディズニーのアニメーション映画を取り上げて実証したということについて、本書の「序」で触れた。そこで最後に、その後のディズニー映画が、もとのお伽話におけるプリンセス・ストーリーをいかに改造しているかを、いくつかの作品例を挙げて見ておこう。

変容する『シンデレラ』

二〇一五年に製作された実写版映画『シンデレラ』(*Cinderella*, ケネス・ブラナー監督)は、大筋としてペローの童話に沿っているが、ディズニーのアニメーション版(一九五〇年製作)とは、ストーリーの変更がいくつか見られる。たとえば、シンデレラが継母のいじめに耐えかねて馬に乗って森に出かけたさいに、狩りをしていた王子と出会うという挿話が新たに加わっている。そのとき二人は、お互いの境遇を知らないまま会話を交わし、惹かれ合う。王子は自分が見習いとして宮殿に仕えていると偽り、「キット」と名乗る。それゆえ、のちにシンデレラが舞踏会に行きたがるのは、王子に謁見したいからではなく、使用人キットとの再会を願ったためであるというように、話が変更されている。

舞踏会で再会したとき、シンデレラはキットが王子であったことを初めて知り、王子は彼女を「ある国の王女」であると思い込む。最後にシンデレラは、王子がガラスの靴を残していった謎の女性を捜して家を訪ねて来たとき、王女ではないありのままの自分を王子が受け入れてくれるかどうか、不安を覚える。彼女が勇気を奮い起こして、王子に歩み寄りながら、「私には馬車も、両親も、持参金もありません」と打ち明ける場面が、クライマックスになっている。このように新しいヴァージョンでは、身分や階級を抜きにして、「ありのままの相手を愛する」

ディズニー映画『シンデレラ』

ことが、中心テーマへと変わっているのである。

また、実写版では、シンデレラが最後に、自分をいじめ抜いた継母に向かって、「私はあなたを許します」と言う。動物との交流に重点を置いたコメディー風のアニメーション版よりも、シンデレラの境遇の悲惨さやいじめの熾烈さがリアルに描かれているだけに、この言葉は重みを帯びて響く。ここでは、シンデレラ自身の克己心を描き込むことによって、彼女に人間的な深みが付与されているのである。

『眠れる森の美女』から『マレフィセント』へ

二〇一四年に製作された実写版映画『マレフィセント』(*Maleficent*, ロバート・ストロンバーグ監督)は、原作の『眠れる森の美女』ともディズニーのアニメーション版(一九五九年製作)とも、大きく異なる物語へと様変わりしている。ある王国で生まれたオーロラ姫に、妖精マレフィセントが「一六歳の誕生日に、姫は糸車の針に指を刺され、永遠の眠りにつく。その魔法を解くことができるのは、真実の愛のキスしかない」という呪いをかけるという部分は、ほぼ原作のままである。しかし、この新しいヴァージョンでは、その題名のとおり、マレフィセントを中心とした「もうひとつの物語」が展開するのである。

妖精の国に棲むマレフィセントは少女時代、隣の王国の人間の少年ステファンと出会って恋に落ち、一六歳の誕生日に、彼に「真実の愛のキス」と呼ぶものを贈られる。しかし、大人になって再会したステファンは、自国の王女と結婚したいという野心のために、マレフィセントを裏切って、眠っている彼女の翼を切り取ってしまう。自由に飛ぶ翼を失ったマレフィセントは、王座についたステファンに復讐するため、王と王妃との間に誕生した娘オーロラの祝賀会に訪れ、例の呪いをかけるのである。

オーロラが森のなかで、優しく美しい娘へとすくすく育ち、一六歳の誕生日を迎えるところまでは、原作に沿っている。しかし、マレフィセントの心理描写という新たな要素が物語に付け加わってくる。オーロラの成長を見守るマレフィセントは、自分を恐れることなく慕うオーロラと接するうちに、次第に愛情を抱くようになり、自分がかけた呪いを後悔するのだ。しかし、マレフィセントのいかなる魔法をもってしても、呪いは消えない。予言どおり一六歳の誕生日に糸車に指を刺されて眠ってしまったオーロラを救うために、マレフィセントは、隣国の王子フィリップを城のなかへと導き、眠っているオーロラ姫にキスをさせるという手段を講じる。

原作と最も大きく異なるのは、このあとである。王子は、以前森のなかでオーロラ姫に出会って恋心を抱いたことがあったが、彼のキスではオーロラ姫は目覚めない。そして、悲しみに暮れ涙を流すマレフィセントが、思わずオーロラの額にキスすると、オーロラ姫は目覚めるのだ。

したがって、この出来事は、姫の美しい外貌に惹かれた王子の恋心では、真実の愛の域にまで達することができなかったことを意味する。かつて自分を裏切った恋人への復讐のために呪いをかけた相手、つまり憎い敵の子であると知りつつも、愛しいと思わずにはいられず、心から救いたいと祈る女性の心に宿った無私の愛こそ、真実の愛だったのである。オーロラ姫も、かつて父が盗んだ翼を捜し出すことによって、城から脱出できず窮地に陥ったマレフィセントに翼を与え、救い出す。そして結末では、いがみ合っていた人間と妖精の両王国が平和を取り戻し、オーロラ姫はマレフィセントの跡を継ぐ女王となるのである。

このように、新しいヴァージョンは、王とマレフィセントという男女間の怨讐《おんしゅう》の物語であると同時に、マレフィセントとオーロラという年齢を超えた女同士の友情の物語へと変わっている。もとの童話にあった、「美しいプリンセスは、眠って待っていれば、王子様に助けられる」というストーリーは変質して、物語の中心は、「真実の愛とは何か」というテーマへと移行しているのである。

『アナと雪の女王』

二〇一三年に製作されたディズニー・ミュージカル・アニメーション映画『アナと雪の女王』（*Frozen*, クリス・バック、ジェニファー・リー監督）は、アンデルセンの童話『雪の女王』から着想を得て新たに創作され、日本を含め世界各国でセンセーションを巻き起こした人気作品である。

アレンデール王国の王女エルサは、生まれながらに、触れたものを凍らせるという魔力を備えていた。自身の魔力を恐れたエルサは城に閉じこもるが、成人して女王に即位するために姿を現した日に、王国を永遠の冬に変え、その後誤って妹アナの心臓を凍らせてしまう。それを溶かせるのは「真実の愛」であると知った山男クリストフは、アナを救うためには、彼女の婚約者ハンスのキスが必要だと考え、彼女を抱えてハンスのいる城へと急ぐ。しかし実は、隣国の末っ子の王子ハンスは、王になる野心のためにアナに接近したにすぎず、エルサとアナの姉妹を殺そうと計略を謀る。ハンスにより幽閉されていたが自由になったアナは、姉を助けようとした瞬間に氷の彫像と化す。エルサが愛をこめて抱きしめると、魔法が解けてアナは息を吹き返す。ハンスは本国に送り返され、エルサは城の門を開放する。

偽りの愛を演じていたハンスが、アナにキスすることを拒むという挿話は、王子のキスにより、眠れる森の美女が目覚めたり、白雪姫が生き返ったりするというプリンセス・ストーリーの筋書きを裏返したものである。最後にクリストフはアナの恋人になるが、この物語の重点は、姉妹愛に置かれていると言える。

以上、三作を取り上げて見たとおり、新しいディズニー映画では、「真実の愛」をメイン・テーマとしたものが多く、そこでは男女のロマンチックな恋愛は、二次的なものとして位置づけられる傾向がある。女性はただ男性の愛を受け身で待っているのではなく、自ら真に愛することが人間として大切であり、それによって道が切り開かれていくのだというメッセージが、物語の骨子となっている。

したがって、ディズニー映画の最近の動向からは、プリンセス・ストーリーからの脱却を目指す方向性が、確認できる。このような時代の傾向は、子どものための文学世界にも反映され、今後さらに、新たなストーリーの形が模索されていくであろうことが予想できる。

2　変わる読者の意識と時代――新しい物語への展望

ジェイン・エア・シンドロームの光と影

少女が試練を乗り越えて自分の世界を切り開くという物語は、子どものころから女性たちに大きな影響を与え、根強いシンデレラ・コンプレックスから脱却するための助けともなる。とりわけ潜在的能力の高い少女にとっては、そうした物語との出会いがもたらす効力は計り知れなく、一生を推進する「起爆剤」にもなりうる。したがって、ジェイン・エア・シンドロームは、決して軽視することのできない、注目すべき文学的現象であると言えるだろう。

ただし、ジェイン・エア・シンドロームは、女性をめぐる問題を解決する万能薬ではない。他方でそれは、シンデレラ・コンプレックスを乗り越えられない女性への蔑視や優越感、あるいは能力偏重主義を生み出し、競争心を煽るという「副作用」を伴うこともありうる。第4章でも見たとおり、〈母としてのジェイン・エア〉が我が子にどのような影響を与えるかという点から、新たな問題を生じさせる危険な側面も孕《はら》んでいる。

重要なのは、シンデレラ・コンプレックスも、ジェイン・エア・シンドロームも、ともに無意識の状態から解き放つということである。それらの現象が女性の心理、ひいては生き方にまで根強い影響を及ぼしうるということを、まずは正しく認識することが、問題解決への第一歩となるだろう。

念のため断っておくが、これはシンドローム一般に言えることで、女性に限ったことではない。文学は、影響力が大きいからこそ、すばらしい。しかし、影響を受けている自分を客観的に引き離して見ることができなければ、それはあらぬ方向へと引っ張っていく呪縛ともなりかねないし、逆に、たんにノスタルジーに浸って愛好するだけの消費の対象に成り下がって終わることもあるだろう。その結果、当の文学作品を正当に評価することができなくなるのは、実に残念なことである。

子どものための文学の再評価と展望

真に男女平等が実現した社会では、ジェイン・エア・シンドロームは消えていく運命にあるのかもしれない。では、その先にある新しいストーリーの形とはいかなるものだろうか？

それは、ジェンダーの区別を廃して、これまでの普遍的なテーマを現代世界のなかで追究していく物語ではないだろうか。もはや少女ゆえ少年ゆえ生じる問題ではなく、ひとりの人間としてさまざまな苦難に出会った子どもたち——とりわけ大人の世界から押し付けられた不条理により困難な状況に置かれた子どもたち——がいかにして心の悩みを克服し、自分の生きたい道を求めて突き進んでいくか。そこに光を当てることによって、子どもに感動と勇気を与え、文字どおり「生きる糧」となる物語ではないだろうか。問題解決の糸口は、超自然的な「魔法」の力に頼ることではなく、自身の決断と、他者との関係を形成していく力にあるという脱シンデレラ的メッセージは、本書で取り上げたすべての少女小説のなかにも見られた。また、ゴッデンの『木曜日の子どもたち』では、女の子のほうが男の子よりも優先されるという、従来とは逆転した設定により、ジェンダーの問題が消えていく方向性がすでに示唆されていることも、本書で見たとおりである。

お伽話や児童文学は、子ども向けの読み物として軽く見られる傾向があるが、もっとその価値が強調され、再評価されるべき領域である。未来の可能性ある子どもに大きな影響力を持つという点では、成長の少ない大人が楽しむための文学よりも、ずっと大切な存在であるとさえ言えるだろう。

最後に、一枚の絵(終章扉絵)をご覧いただきたい。イギリスの児童文学作家エリナー・ファージョン(一八八一―一九六五)の短編集『本の小部屋』(一九五五年／邦題『ムギと王さま』)の最初のページに添えられたエドワード・アーディゾーニによる挿絵である。幼い女の子が本を読み耽っている。「作者まえがき」によれば、これは、子ども時代のファージョン自身の肖像であるらしい。作家だった父ベンジャミンの書斎をはじめ、エリナーときょうだいたちの子ども部屋、居間、寝室に至るまで、家中の部屋は本で溢れていたが、そのなかに「本の小部屋」と呼ばれる一室があったという。ほかの部屋では、本がある程度選別され、整頓されていたけれども、「本の小部屋」には、あらゆる種類の本が本棚にぎっしり詰まり、棚の上の隙間にも、天井に届くまで乱雑に本が積まれていた。雑多な本に交じって、宝のような掘り出しものもあり、この部屋が「私に魔法の窓を開け、その窓をとおして、自分が生きているのとは違った世界や時代、詩や散文、事実やファンタジーに満ちた世界を覗かせてくれた」と、七〇歳を過ぎたファージョンは回想している。

子どものころに読んだ本が、その後のファージョンの「世界」を形成する土台となったであろうことが、絵のなかの少女のただならぬ没頭ぶりから伝わってくる。このイメージは、本書で取り上げたいずれの女性作家たちの子ども時代の姿にも重なり合ってくるように思える。そして、ここで注目したいのは、彼女たちが読んだ本には、種別のバリアーがなかったことである。そもそも文学には、子ども向け・大人向けという境目はないはずだ。「お伽話」「児童文学」「少女小説」といった呼び名は、大人によって作られた分類にすぎない。本来大人の小説とされる作品のなかでも、子どもが読める物語はたくさんある。少なくとも、子ども時代に『ロビンソン・クルーソー』、『ジェイン・エア』、『巌窟王』(『モンテ・クリスト伯』)、『狭き門』、

『若きウェルテルの悩み』などを愛読していた私は、大学生になって再読するまで、これらが大人の文学であるということを知らなかった。

一般に、子どもは驚くほど文学を理解する能力を持っている。また、大人は、子どものときに読んだ文学を再読すれば、新たな発見をすることができる。物語には、幼いころから持続的に人の一生に作用する豊かな、そして大きな力が秘められているのである。

あとがき

もう三〇年ばかり前のことだ。娘が三歳のときから、ヴァイオリンを習わせ始めた。私はいくつかの大学で非常勤講師をしながら家で論文を書き、夕方になると娘を保育園に迎えに行く。娘が帰って来たらいちばんに、私が付き添ってヴァイオリンの練習をさせる。それが終わったあと、娘はディズニー映画のビデオを見て、私はその間、夕食の支度をする。

娘が特に好きだったディズニー映画は『シンデレラ』と『不思議の国のアリス』で、台詞を覚えてしまうくらい、繰り返し見ていた。そのとき、台所にいる私の耳に、シンデレラが歌う次のくだりが、妙に響いたものだ。

たとえ辛いときも
信じていれば
夢はかなうもの――

美しいメロディーだが、切ない歌詞だった。私はそのころ、大学教員の口を公募で探しては、応募を続けていたが、信じていれば夢はかなうというほど、現実は甘いものではないことを知っていたからだ。当時は、英文学研究者のポストは少なかったうえに、コネクションのない女性が大学で定職を得るのは、とてもむずかしい時代だった。

ところがある日、山口大学から私を採用するという通知の電話がかかってきた。こうして私は、夫を神戸に残し、四歳の娘を連れて山口に赴任することになった。それは、かぼちゃの馬車に乗るというような甘い旅ではなく、先の道は険しかったが、あのときが、私の人生でいちばん大きな魔法が起きた瞬間だったと思っている。

人はおそらく、こういうことをシンデレラ現象と呼ぶのだろう。なぜなら、どんなに努力したところで、かなわない夢もあるからだ。そういう現象がたまたま起こることもあれば、起こらないこともある。だから、広い意味で「シンデレラ・コンプレックス」を持つことは、やはり危険を含んでいると言えるだろう。

しかし、誰でも自分の意志で「ジェイン・エア」にはなれる。というのは、「ジェイン・エアになる」とは、ゼロから出発してがむしゃらにもがき、倒れても起き上がって前に進み続けることを意味するからだ。だからこそ、『ジェイン・エア』のあとに続く作家たちは、〈ジェイン・エアの娘たち〉の物語を書かずにはいられなかったにちがいない。

本書を書いた第一の目的は、そうした現象や物語群を、「ジェイン・エア・シンドローム」と名づけることにあった。第二は、ジェイン・エア・シンドロームの流れを汲む作家たちや、一般に「少女小説」と呼ばれるそれらの作品が、私たちに大きな勇気と励ましを与えてくれているという事実に光を当てて、再評価することだった。

もうひとつ、ごく個人的なことだが、この文章の初めにも書いたとおり、私は自分の娘を、芸術の厳しい道を歩む宿命を負った「木曜日の子ども」にしてしまった。だから、自分のなかにも、罪深い〈母としてのジェイン・エア〉が存在するかもしれないという自戒の念を、本書を執筆しながら拭い切れなかったことを、書き添えておく。

本書は、京都大学での定年退職を前に、私のこれまでの文学研究の道筋を振り返り、ひとつの区切りとして、少なからぬ勇気を奮って書き起こしたものでもある。本書を世に出すにあたっては、企画の段階から、岩波新書編集部の田中宏幸氏に大変お世話になった。田中氏の温かいお励ましと貴重なご助言に、心よりお礼申し上げたい。

最後に私事にわたるが、長年協力を惜しまず、私が進む方向へとあと押ししてくれた夫への感謝も、付記しておく。

二〇二三年七月

廣野由美子

参考文献

Alcott, Louisa May. *Little Women*. Oxford & New York: Oxford UP, 1994.［オルコット『若草物語』吉田勝江訳，角川文庫，1986年／麻生九美訳，光文社古典新訳文庫，2017年］

Allen, Walter. *The English Novel: A Short Critical History*. 1954; rpt. Harmondsworth: Penguin, 1958.

Barker, Juliet. *The Brontës: A Life in Letters*. New York: Overlook, 2002.

Bettelheim, Bruno. *The Uses of Enchantment: Meaning and Importance of Fairy Tale*. 1975; rpt. New York: Vintage, 1989.［ブルーノ・ベッテルハイム『昔話の魔力』波多野完治・乾侑美子訳，評論社，1978年］

Brontë, Charlotte. *Jane Eyre*. London: Penguin, 2006.［シャーロット・ブロンテ『ジェイン・エア』(上・下)小尾芙佐訳，光文社古典新訳文庫，2006年／河島弘美訳，岩波文庫，2013年］

Chisholm, Anne. *Rumer Godden: A Storyteller's Life*. London: Macmillan, 1998.

Doody, Margaret Anne and Wendy E. Barry. "Literary Allusion and Quotation in *Anne of Green Gables*." In Montgomery. *The Annotated Anne of Green Gables*. pp. 457–462.

Dowling, Colette. *The Cinderella Complex: Women's Hidden Fear of Independence*. New York: Summit, 1981.［コレット・ダウリング『シンデレラ・コンプレックス──自立にとまどう女の告白』柳瀬尚紀訳，三笠書房，1985年］

Dundes, Alan (ed.). *Cinderella: A Casebook*. Wisconsin: U of Wisconsin P, 1982.

Farjeon, Eleanor. *The Little Bookroom: Eleanor Farjeon's Short Stories for Children Chosen by Herself*. Illustrated by Edward Ardizzone. Oxford: Oxford UP, 1955.［ファージョン『ムギと王さま──本

の小べや 1』石井桃子訳，岩波少年文庫，2001 年]

Gaskell, Elizabeth. *The Life of Charlotte Brontë*. 1857; rpt. London: Penguin, 1997.

Godden, Rumer. *Thursday's Children*. 1984; rpt. London: Virago, 2013. [ルーマ・ゴッデン『バレエダンサー』(上・下)，渡辺南都子訳，偕成社，1997 年]

——. *A Time to Dance, No Time to Weep*. 1987; rpt. India: Speaking Tiger, 2018.

——. *A House with Four Rooms*. 1989; rpt. India: Speaking Tiger, 2018.

Godden, Jon and Rumer. *Two under the Indian Sun*. 1966; rpt. India: Speaking Tiger, 2016.

Lodge, Sara. *Charlotte Brontë, Jane Eyre: A Reader's Guide to Essential Criticism*. New York: Palgrave Macmillan, 2009.

Long, Judith Reick. *Gene Stratton-Porter: Novelist and Naturalist*. Indiana Historical Society, 1990.

Meehan, Jeanette Porter. *The Lady of the Limberlost: The Life and Letters of Gene Stratton-Porter*. New York: Amereon House, 1988.

Montgomery, L. M. *The Alpine Path: The Story of My Career*. Ontario: Fitzhenry & Whiteside, 1917.

——. *The Annotated Anne of Green Gables*. Edited by Wendy E., *et al*. New York & Oxford: Oxford UP, 1997. [モンゴメリ『赤毛のアン』村岡花子訳，新潮文庫，1954 年／山本史郎訳，原書房，2014 年／松本侑子訳，文春文庫，2019 年]

Myerson, Joel and Daniel Shealy (eds.). *The Selected Letters of Louisa May Alcott*. 1987; rpt. Athens: U of Georgia P, 1995.

—— (eds.). *The Journals of Louisa May Alcott*. Athens: U of Georgia P, 1997.

Rich, Adrienne. *On Lies, Secrets, and Silence: Selected Prose, 1966–1978*. New York: Norton, 1979.

Rochère, Martine Hennard Dutheil de la, *et al*. (eds.). *Cinderella*

across Cultures. Detroit: Wayne State UP, 2016.
Rosenthal, Lynne M. *Rumer Godden Revisited*. New York: Twayne, 1996.
Rubio, Mary and Elizabeth Waterston (eds.). *The Selected Journals of L. M. Montgomery*, Vol. 1: 1889–1910; Vol. 2: 1910–1921; Vol. 3: 1921–1929; Vol. 4: 1929–1935; Vol. 5: 1935–1942. 5 vols. Oxford: Oxford UP, 1985–2004.
Staffolani, Sara. *Every Cloud Has Its Silver Lining: Life and Works of Jean Webster*. Rome: Flower-ed, 2021.
Stoneman, Patsy. "Jane Eyre in Later Lives: Intertextual Strategies in Women's Self-Definition." *Charlotte Brontë's Jane Eyre: A Casebook*. Edited by Elsie B. Michie. New York: Oxford UP, 2006, pp. 177–194.
Stratton-Porter, Gene. *A Girl of the Limberlost*. Fully Annotated Edition. 1909. [G・ポーター『リンバロストの乙女』村岡花子訳，偕成社，1967年／同訳(上・下)，河出文庫，2014年]
——. *Homing with the Birds: The History of a Lifetime of Personal Experience with the Birds*. New York: Doubleday, Page & Company, 1920.
——. *Gene Stratton-Porter: A Little Story of Her Life and Work*. Wildside, 2009.
Webster, Jean. *Daddy-Long-Legs and Dear Enemy*. London: Penguin, 2004. [ジーン・ウェブスター『あしながおじさん』岩本正恵訳，新潮文庫，2017年／遠藤寿子訳，岩波文庫，2018年／『続あしながおじさん』畔柳和代訳，新潮文庫，2017年]
Woolf, Virginia. *The Common Reader*. 1st Series. London: Hogarth, 1925.
大橋吉之輔『アメリカ文学史入門』研究社出版，1987年.
小倉千加子『「赤毛のアン」の秘密』岩波書店，2014年.
桂宥子『L. M. Montgomery』(現代英米児童文学評伝叢書2)KTC中央出版，2003年.

参考文献

桂宥子・白井澄子編著『赤毛のアン』(シリーズ　もっと知りたい名作の世界 10)ミネルヴァ書房，2008 年.
グリム『完訳　グリム童話集 1』金田鬼一訳，岩波文庫，1979 年.
師岡愛子編『ルイザ・メイ・オルコット──『若草物語』への道』表現社，1995 年.
惣谷美智子・岩上はる子編『めぐりあうテクストたち──ブロンテ文学の遺産と影響』春風社，2019 年.
坪内雄蔵(逍遥)「おしん物語」(所収：『国語読本　高等小学校用巻一』冨山房，1900 年)プリンセスミュージアム復刻本シリーズ，アトランスチャーチ，2020 年.
廣野由美子「1840 年代のガヴァネス小説に見る女性教育──『虚栄の市』，『ジェイン・エア』，『アグネス・グレイ』を中心に」柳五郎編著『ザルツブルグの小枝』大阪教育図書，2007 年，127-137 頁.
──『謎解き「嵐が丘」』松籟社，2015 年.
──「エリオットはオースティンから何を受け継いだのか？──『ミドルマーチ』における〈分別〉と〈多感〉」惣谷美智子・新野緑編著『オースティンとエリオット』春風社，2023 年，201-232 頁.
ペロー『完訳　ペロー童話集』新倉朗子訳，岩波文庫，1982 年.
前協子「置き去りにされた子どもたち──ジェーン・エアの末裔」，中央大学『人文研紀要』87 巻，2017 年，199-224 頁.
若桑みどり『お姫様とジェンダー──アニメで学ぶ男と女のジェンダー学入門』ちくま新書，2003 年.
山本史郎『東大の教室で『赤毛のアン』を読む──英文学を遊ぶ 9 章』東京大学出版会，2008 年.

［DVD］*Frozen*. Disney, directed by Chris Buck and Jennifer Lee, screenplay by Jennifer Lee, produced by Peter Del Vecho, 2013.
［DVD］*Maleficent*. Disney, directed by Robert Stromberg, screenplay by Linda Woolverton, produced by Joe Roth, 2014.

[DVD] *Cinderella*. Disney, directed by Kenneth Branagh, screenplay by Chris Weitz, produced by Simon Kinberg, Allison Shearmur, David Barron, 2015.

廣野由美子

1958年生まれ．京都大学文学部(独文学専攻)卒業．神戸大学大学院文化学研究科博士課程(英文学専攻)単位取得退学．学術博士．山口大学教育学部助教授，京都大学総合人間学部助教授を経て，現在，京都大学大学院人間・環境学研究科教授．英文学，イギリス小説を専攻．1996年，第4回福原賞受賞．

著書に『批評理論入門——「フランケンシュタイン」解剖講義』『小説読解入門——「ミドルマーチ」教養講義』(以上，中公新書)，『ミステリーの人間学——英国古典探偵小説を読む』(岩波新書)，『深読みジェイン・オースティン——恋愛心理を解剖する』(NHKブックス)，『謎解き「嵐が丘」』(松籟社)，『一人称小説とは何か——異界の「私」の物語』(ミネルヴァ書房)ほか．

訳書にジョージ・エリオット『ミドルマーチ』1～4(光文社古典新訳文庫)ほか．

シンデレラはどこへ行ったのか
—少女小説と『ジェイン・エア』　岩波新書(新赤版)1989

2023年9月20日　第1刷発行

著　者　廣野由美子《ひろのゆみこ》

発行者　坂本政謙

発行所　株式会社 岩波書店
〒101-8002 東京都千代田区一ツ橋2-5-5
案内 03-5210-4000　営業部 03-5210-4111
https://www.iwanami.co.jp/

新書編集部 03-5210-4054
https://www.iwanami.co.jp/sin/

印刷・精興社　カバー・半七印刷　製本・中永製本

ISBN 978-4-00-431989-4　　Printed in Japan

岩波新書新赤版一〇〇〇点に際して

ひとつの時代が終わったと言われて久しい。だが、その先にいかなる時代を展望するのか、私たちはその輪郭すら描きえていない。二〇世紀から持ち越した課題の多くは、未だ解決の緒を見つけることのできないままであり、二一世紀が新たに招きよせた問題も少なくない。グローバル資本主義の浸透、憎悪の連鎖、暴力の応酬——世界は混沌として深い不安の只中にある。

現代社会においては変化が常態となり、速さと新しさに絶対的な価値が与えられた。消費社会の深化と情報技術の革命は、種々の境界を無くし、人々の生活やコミュニケーションの様式を根底から変容させてきた。ライフスタイルは多様化し、一面では個人の生き方をそれぞれが選びとる時代が始まっている。同時に、新たな格差が生まれ、様々な次元での亀裂や分断が深まっている。社会や歴史に対する意識が揺らぎ、普遍的な理念に対する根本的な懐疑や、現実を変えることへの無力感がひそかに根を張りつつある。そして生きることに誰もが困難を覚える時代が到来している。

しかし、日常生活のそれぞれの場で、自由と民主主義を獲得し実践することを通じて、私たち自身がそうした閉塞を乗り超え、希望の時代の幕開けを告げてゆくことは不可能ではあるまい。そのために、いま求められていること——それは、個と個の間で開かれた対話を積み重ねながら、人間らしく生きることの条件について一人ひとりが粘り強く思考することではないか。その営みの糧となるものが、教養に外ならないと私たちは考える。歴史とは何か、よく生きるとはいかなることか、世界そして人間はどこへ向かうべきなのか——こうした根源的な問いとの格闘が、文化と知の厚みを作り出し、個人と社会を支える基盤としての教養となった。まさにそのような教養への道案内こそ、岩波新書が創刊以来、追求してきたことである。

岩波新書は、日中戦争下の一九三八年一一月に赤版として創刊された。創刊の辞は、道義の精神に則らない日本の行動を憂慮し、批判的精神と良心的行動の欠如を戒めつつ、現代人の現代的教養を刊行の目的とする、と謳っている。以後、青版、黄版、新赤版と装いを改めながら、合計二五〇〇点余りを世に問うてきた。そして、いままた新赤版が一〇〇〇点を迎えたのを機に、人間の理性と良心への信頼を再確認し、それに裏打ちされた文化を培っていく決意を込めて、新しい装丁のもとに再出発したいと思う。一冊一冊から吹き出す新風が一人でも多くの読者の許に届くこと、そして希望ある時代への想像力を豊かにかき立てることを切に願う。

（二〇〇六年四月）

随筆

高橋源一郎の飛ぶ教室	高橋源一郎
江戸漢詩の情景	揖斐　高
読書会という幸福	向井和美
俳句と人間	長谷川櫂
知的文章術入門	黒木登志夫
人生の1冊の絵本	柳田邦男
レバノンから来た能楽師の妻	梅若マドレーヌ　竹内要江 訳
二度読んだ本を三度読む	柳　広司
原民喜　死と愛と孤独の肖像	梯　久美子
声優　声の職人	森川智之
生と死のことば　中国の名言を読む	川合康三
正岡子規　人生のことば	復本一郎
作家的覚書	高村　薫
落語と歩く	田中　敦
文庫解説ワンダーランド	斎藤美奈子
俳句世がたり	小沢信男
日本の一文　30選	中村　明
ナグネ　中国朝鮮族の友と日本	最相葉月
子どもと本	松岡享子
医学探偵の歴史事件簿　ファイル2	小長谷正明
里の時間◆	芥川　仁　阿部直美
閉じる幸せ	残間里江子
女の一生	伊藤比呂美
仕事道楽　新版　スタジオジブリの現場	鈴木敏夫
医学探偵の歴史事件簿◆	小長谷正明
もっと面白い本	成毛　眞
99歳一日一言◆	むのたけじ
土と生きる　循環農場から◆	小泉英政
なつかしい時間	長田　弘
ラジオのこちら側で◆	ピーター・バラカン
面白い本	成毛　眞
百年の手紙	梯　久美子
本へのとびら	宮崎　駿
ぼんやりの時間◆	辰濃和男
思い出袋◆	鶴見俊輔
活字たんけん隊	椎名　誠
道楽三昧	小沢昭一　神崎宣武 聞き手
文章のみがき方	辰濃和男
悪あがきのすすめ	辛　淑玉
水の道具誌	山口昌伴
スローライフ	筑紫哲也
森の紳士録◆	池内　紀
沖縄生活誌◆	高良　勉
シナリオ人生◆	新藤兼人
怒りの方法◆	辛　淑玉
伝言	永　六輔
四国遍路◆	辰濃和男
嫁と姑	永　六輔
親と子	永　六輔
夫と妻	永　六輔
愛すべき名歌たち	阿久　悠
活字博物誌	椎名　誠

芸術

カラー版 名画を見る眼Ⅱ　高階秀爾
カラー版 名画を見る眼Ⅰ　高階秀爾
占領期カラー写真を読む　佐藤洋一／衣川太一
水墨画入門　島尾新
酒井抱一 俳諧と絵画の織りなす抒情　井田太郎
平成の藝談 歌舞伎の真髄にふれる　犬丸治
K-POP 新感覚のメディア　金成玫
ベラスケス 宮廷のなかの革命者　大髙保二郎
ヴェネツィア 美の都の一千年　宮下規久朗
丹下健三 戦後日本の構想者　豊川斎赫
学校で教えてくれない音楽◆　大友良英
中国絵画入門　宇佐美文理
瞽女うた　ジェラルド・グローマー
東北を聴く　佐々木幹郎
黙示録　岡田温司

ボブ・ディラン ロックの精霊　湯浅学
仏像の顔　清水眞澄
柳宗悦　中見真理
ヘタウマ文化論　山藤章二
小さな建築　隈研吾
コルトレーン ジャズの殉教者　藤岡靖洋
雅楽を聴く　寺内直子
歌謡曲　高護
歌舞伎の愉しみ方　山川静夫
自然な建築　隈研吾
肖像写真　多木浩二
東京遺産　森まゆみ
絵のある人生　安野光雅
日本の色を染める　吉岡幸雄
プラハを歩く　田中充子
日本絵画のあそび　榊原悟
ぼくのマンガ人生　手塚治虫
日本の近代建築 上・下　藤森照信
ゲルニカ物語　荒井信一

千利休 無言の前衛　赤瀬川原平
やきもの文化史　三杉隆敏
歌右衛門の六十年　中村歌右衛門／山川静夫
フルトヴェングラー　脇圭平／芦津丈夫
明治大正の民衆娯楽　倉田喜弘
茶の文化史　村井康彦
日本の耳　小倉朗
日本の子どもの歌　園部三郎／山住正己
二十世紀の音楽　吉田秀和
水墨画　矢代幸雄
絵を描く子供たち　北川民次
ギリシアの美術　澤柳大五郎
音楽の基礎　芥川也寸志
日本刀　本間順治
日本美の再発見〔増補改訳版〕　ブルーノ・タウト／篠田英雄訳
ミケルアンヂェロ　羽仁五郎

(2023.7)　◆は品切，電子書籍版あり．(R)

世界史

岩波新書より

哲学・思想

アリストテレスの哲学　中畑正志
スピノザ　國分功一郎
哲人たちの人生談義 ストア哲学をよむ　國方栄二
西田幾多郎の哲学　小坂国継
死者と霊性　末木文美士編
道教思想10講　神塚淑子
マックス・ヴェーバー　今野元
新実存主義　マルクス・ガブリエル　廣瀬覚訳
日本思想史　末木文美士
ミシェル・フーコー　慎改康之
ヴァルター・ベンヤミン　柿木伸之
モンテーニュ 人生を旅するための7章　宮下志朗
マキァヴェッリ　鹿子生浩輝
世界史の実験　柄谷行人
ルイ・アルチュセール　市田良彦
異端の時代　森本あんり

ジョン・ロック　加藤節
インド哲学10講　赤松明彦
マルクス 資本論の哲学　熊野純彦
日本文化をよむ 5つのキーワード◆　藤田正勝
中国近代の思想文化史　坂元ひろ子
憲法の無意識　柄谷行人
ホッブズ リヴァイアサンの哲学者　田中浩
プラトンとの哲学 対話篇をよむ◆　納富信留
〈運ぶヒト〉の人類学　川田順造
哲学の使い方　鷲田清一
ヘーゲルとその時代　権左武志
人類哲学序説　梅原猛
加藤周一　海老坂武
哲学のヒント◆　藤田正勝
空海と日本思想◆　篠原資明
論語入門　井波律子
トクヴィル 現代へのまなざし　富永茂樹
和辻哲郎　熊野純彦

宮本武蔵　魚住孝至
西田幾多郎　藤田正勝
丸山眞男　苅部直
西洋哲学史 近代から現代へ　熊野純彦
西洋哲学史 古代から中世へ　熊野純彦
世界共和国へ　柄谷行人
悪について　中島義道
神、この人間的なもの◆　なだいなだ
近代の労働観　今村仁司
プラトンの哲学　藤沢令夫
術語集Ⅱ　中村雄二郎
マックス・ヴェーバー入門　山之内靖
ハイデガーの思想　木田元
臨床の知とは何か　中村雄二郎
新哲学入門◆　廣松渉
「文明論之概略」を読む 上・中・下　丸山真男
術語集　中村雄二郎
死の思索　松浪信三郎

(2023.7)　◆は品切，電子書籍版あり．　(J1)

岩波新書より

教育

ジョン・デューイ	上野正道
大学は何処へ 未来への設計	吉見俊哉
教育は何を評価してきたのか	本田由紀
小学校英語のジレンマ	寺沢拓敬
アクティブ・ラーニングとは何か	渡部淳
保育の自由	近藤幹生
異才、発見！	伊藤史織
パブリック・スクール	新井潤美
新しい学力	齋藤孝
学びとは何か	今井むつみ
考え方の教室◆	齋藤孝
学校の戦後史	木村元
保育とは何か	近藤幹生
中学受験	横田増生
いじめ問題をどう克服するか	尾木直樹
教育委員会◆	新藤宗幸
先生！	池上彰編
教師が育つ条件	今津孝次郎
大学とは何か	吉見俊哉
赤ちゃんの不思議	開一夫
日本の教育格差	橘木俊詔
社会力を育てる	門脇厚司
子どもが育つ条件	柏木惠子
誰のための「教育再生」か	藤田英典編
教育力	齋藤孝
思春期の危機をどう見るか	尾木直樹
幼児期	岡本夏木
教科書が危ない	入江曜子
「わかる」とは何か	長尾真
子どもの危機をどう見るか◆	尾木直樹
子どもの社会力	門脇厚司
現代社会と教育	堀尾輝久
子どもとあそび	仙田満
子どもと学校	河合隼雄
教育とは何か	大田堯
からだ・演劇・教育	竹内敏晴
教育入門	堀尾輝久
子どもの宇宙	河合隼雄
子どもとことば	岡本夏木
自由と規律	池田潔
私は赤ちゃん	松田道雄

(2023.7)　◆は品切，電子書籍版あり．(M)